황인숙이 끄집어낸
고종석의 속엣말

황인숙이 *끄집어낸*
고종석의 속엣말

2018년 9월 28일 초판 1쇄 펴냄

펴낸곳 도서출판 **삼인**

지은이 고종석·황인숙
펴낸이 신길순

등록 1996.9.16 제25100-2012-000046호
주소 03716 서울시 서대문구 연희로 5길 82(연희동 2층)

전화 (02) 322-1845
팩스 (02) 322-1846
전자우편 saminbooks@naver.com

디자인 디자인 지폴리
인쇄 수이북스
제책 은정제책

ISBN 978-89-6436-147-4

값 14,000원

황인숙이 끄집어낸

고종석의 속엣말

고종석+황인숙 지음

삼인

| 목차 |

이 인터뷰는 2018년 6월 23일. 7월 7일. 7월 28일.
세 차례에 걸쳐 서울 후암동의 한 카페에서 진행되었습니다.

기억 저편의
고유명사들

황인숙 우린 친한 친구인데, 언제부턴가 통 얘기를 나누지 않았네. 너는 트위터를 시작한 이래 둘이 만나든 셋이 만나든 넷이 만나든 스마트폰만 들여다보고 있기 일쑤였지. 전에는 재기발랄한 말로 좌중을 즐겁게 했는데 말이야.

고종석 그랬던가. 내가 무려 재기발랄하기까지 했어?(웃음) 아닌 게 아니라 그런 시절도 있었던 것 같군. 근데 그게 뭐 그리 좋은 말은 아닌 것 같네, 어린아이나 청년한테 하는 말이 아니라면. 네가 말하는 내 재기발랄 시절은 쉰 무렵까지 해당되는 것 같은데, 50대 중늙은이가 재기발랄해서 좋을 건 없지. 유시민 씨나 김어준 씨처럼 카메라 앞의 언행 하나하나가 상품화되는 사람이 아니라면. 아무튼 스마트폰이 내 재기발랄을 잡아먹은 셈이구나. 사실 요샌 스마트폰과 멀어지려 애쓰고 있어. 시간을 많이 잡아먹는 것도 그렇고 시력에도 좋지 않을 것 같고. 페이스북에 가끔 글은 올리지만.

그런데 요즘 세상에 너처럼 휴대폰 없는 사람은 거의 없을 거다. 미취학아동이나 7~80대 노인네들도 휴대폰이 다 있을 거다. 아, 병직이[1]도 너처럼 휴대폰이 없구나. 그거 사실 민폐 끼치는 거야. 심하게 말하면 이기적인 거구.(웃음) 자기 연락하고 싶을 때만 연락하고, 연락 받고 싶을 때만 연락 받겠다는 거 아냐? 암튼 나도 폰과 조금이라도 멀어지려고 마음은 먹었어. 독서랑 운동을 해야 한다는 조바심도 있고. 지금 지니고 있는 휴대폰이 조금 부실한데, 이거 완전히 고장 나면 나도 너나 병직이처럼 이기적 모드로 갈 생각이 없는 것도 아니야. 새로 장만하지 않겠다는 거지. 전자우편이라는 게 있으니 휴대폰이 없더라도 세상과 완전히 단절되는 건 아닐 거고, 반면에 세상과 늘 연결돼 있지도 않을 거고. 연결돼 있다는 건 구속돼 있다는 건데 그게 좀 피곤하잖아. 휴대폰 없이 살겠다고 마음을 정한 건 아직 아닌데, 그런 생각을 해 보고 있다는 거지. 너나 병직이를 보면 그런 삶이 불가능한 것도 아닌 듯하고. 그냥 지금 생각이야.

황인숙 휴대폰은 김정환[2] 선배도 없잖아. 텔레파시 버금가게 즉시즉시 연락이 닿는 시대니까 휴대폰으로 연결이 안 되면 적응하기 힘들어 하는 사람 많더라만. 이기적인 인간답게 말

---

1 차병직, 변호사
2 김정환, 시인

하자면 그런 거 알 바 아니지만-사실 살짝 미안하긴 해.- 나도 불편할 때가 종종 있어. 공중전화도 거의 사라졌고. 그래도 휴대폰 없는 맛을 끝내 만끽할 참이야.(웃음) 어휴, 그나저나 너 휴대폰 없이 잘도 살겠다. 도저히 못 믿겠는데. 그럼 정말 소셜미디어도 완전히 끊겠다는 생각이야?

고종석 그러고 싶어. 물론 맘만 먹으면 데스크톱 컴퓨터로 페이스북을 계속 할 수는 있겠지만, 스마트폰이 없으면 안 하게 될 것 같기도 해. 물론 확고히 정해진 건 없지. 내가 의지박약이기도 하고.(웃음)

황인숙 작년 말에 뇌출혈로 쓰러졌지. 내 생일 밥을 먹자고 모인 자리에서 전화 받았는데, 다들 충격 받고 막막해 했어. 후유증이 별로 보이지 않아서 천만다행이야. 흠, 예순 살을 코앞에 두고 그런 일이 생겼으니 여러 생각이 오갔을 테데…. 아직 회복기지? 요즘 어떻게 지내?

고종석 독서와 운동을 해야 한다는 조바심이 있다고 말을 한 것도 뇌출혈 후유증 때문이야. 사실 잘 지낸다고 할 수는 없어. 돈을 벌기 위해 내가 할 수 있는 일이라곤 글을 쓰는 일

뿐인데, 글을 쓰지 않고 있으니까. 못 쓰고 있으니까. 담배 없이는 글을 못 쓰겠어. 뇌출혈을 겪은 이후로 술 담배를 끊었잖아. 그래서 우울해. 사실 뇌출혈 맞닥뜨리기 전에도 글을 거의 못 썼으니까 담배 핑계만 댈 수는 없구나. 그래도 담배를 못 피우니까 글쓰기가 더 어려워. 집에서 돈벌이를 해온 사람이 나뿐이었는데, 내가 글을 못 쓰니까 가정경제가 좀 흔들흔들거리지. 이 친구한테 빚내서 저 친구 빚 갚고, 또 딴 친구에게 빚내서 그 이전 친구 빚 갚는 식으로, 말하자면 시쳇말로 '돌려막기'를 하며 겨우 버텨내고 있어.

너나 순영이는 강남 집을 팔고 강북으로 이사 오라고 말하지만, 그게 그리 쉬운 일이 아니야. 아파트의 같은 동에 모시고 있는 부모님이 거기서 돌아가시겠다고 버티시는데, 애들 엄마랑 나만 훌쩍 강북으로 이사할 수가 없어. 나야 부모님께 큰 도움도 안 되고 띄엄띄엄 들르지만, 애들 엄마는 아침저녁으로 부모님께 문안을 드리거든. 살림을 도와 드리기도 하고.

뇌출혈에 대해서 말하자면, 내가 이런 무시무시한 변을 겪을 줄은 상상도 못했어. 무시무시하다는 건 과장이 아니야.

3 김순영, 도시재생 활동가

만만히 볼 사태가 아니었더구먼. 내가 무식하기도 하고, 겁이 많아 일부러 무심하기도 해서, 혈압이 꽤 높은 걸 진작 알았는데도 대처하지 않았지. 뇌출혈이 고혈압과 상관있다는 것조차 이번에야 알았어. 뇌출혈의 결과가 뇌졸중, 다시 말해 중풍이라는 것도. 정말 무식했지. 이렇게 멀쩡하게 너랑 얘기하고 있는 것도 사실 기적이야. 10년 전엔가 너랑 다른 친구들이랑 세검정 진영이[4] 네 집에 놀러가서 재미로 혈압을 재봤을 때, 내 혈압이 유난히 높았잖아. 기억나니?

황인숙 응. 기억나. 네가 유난히 혈압이 높았고, 영식이[5]도 혈압이 높은 걸로 나왔던 거 같아.

고종석 그래, 영식이도 혈압이 높았지. 그때부터 경각심을 가져서 혈압약을 먹기 시작하고, 술 담배를 끊지는 못하더라도 절제해야 했는데, 몸을 쾌락 속에 내던져 놓고 살았잖아. 그 쾌락이 사실은 무간지옥인지도 까맣게 모르고 말이야. 운이 좋아서, 쓰러지자마자 응급실에 실려 간 터라 이렇게 멀쩡하게 살아 있지만, 조금만 늦었으면 죽었거나 반신불수 상태가 됐겠지.

후유증이 아주 없지는 않아. 너도 느낄 테지만 혀놀림이 민활하지 못해서, 자세히 들어보면 말이 좀 어눌해. 그것보다 더 큰 건 기억력 쇠퇴인데, 물론 내 나이가 예순이니 기억력이 쇠퇴하는 건 당연하지만, 그 속도가 에이징aging에 따른 것보다 훨씬 빠르다는 걸 자각하고 있어. 외국어 단어들은 물론이고 모국어 단어도 기억 안 나는 게 많아. 특히 고유명사들이 기억 저편으로 마구 날아가는 걸 느껴. 아주 친숙했던 단어들도 마찬가지야. 며칠 전에는 이탈리아 말로 '작다'라는 형용사가 생각이 안 나는 거야. 그 말은 한국어 '작다'만큼이나 나한테 익숙한 말인데. 10여분 머리통을 괴롭히다 결국 포기하고는 검색해서 '피콜로piccolo'라는 걸 확인했지. 문제는 여기서부터야. '피콜로'라는 말이, 수십 년간 내게 그리도 익숙했던 말이 문득 낯설게 느껴지는 거야. 생텍쥐페리의 『어린 왕자』 이탈리아어판 제목이 『일 피콜로 프린치페Il Piccolo Principe』고, 나는 그 이탈리아어판 『어린 왕자』를 몇 차례 읽기까지 했는데. 그건 마치 너한테 '작다'라는 한국말이 낯설게 여겨지는 상황과 비슷한 거야. 오싹하더라. 사실 중환자실에서 막 깼을 때는 아이들 이름도 기억이 안 났어. 그때에 비하면 많이 나아졌다고 해야겠지.

내가 아침저녁으로 먹는 약에는 고혈압약 말고도, 기억력을 비롯해서 두뇌 활동의 쇠퇴 속도를 줄이는 '알포그린'이란 약이 있어. 알포그린은 상품 이름이고, 의학적으로 성분명은 '콜린알포세레이트'인가 그래. 그런데 약만으로 뭘 다 해결할 수는 없잖아. 재활의학과 의사는 기억력 쇠퇴 속도를 줄이려면 유산소 운동과 독서를 생활화하고 빛깔 있는 채소를 먹으라고 했는데, 유산소 운동을 안 하게 되네. 유산소 운동 하라는 게 별 게 아니라 걸으라는 건데, 요즘은 산책하기도 힘에 부쳐. 너도 알다시피 내가 젊었을 땐 비탈길은 몰라도 평지를 걷는 건 몇 시간이고 자신 있었는데, 이제 노인이 됐나 봐.(웃음) 또 내가 워낙 게으르기도 하고.

뇌신경학과 의사, 내 주치의지, 그이는 뇌출혈을 겪은 뒤의 삶은 그 이전의 삶과 많이 달라질 거라고 내게 경고했어. 생각하기에 따라선 아주 무서운 말이지. 술 담배를 다시 하면 살아 있는 상태에서 자길 못 볼 거라고도 했고. 그런데도 아직 술 담배가 그리워. 하긴 전에 너랑 순영이랑 셋이서 만났을 때, 순영이가 나더러 참 운이 좋다고도 했지. 내 의지력으론 절대 술 담배 못 끊을 텐데, 뇌출혈 덕에 끊게 됐고, 후유증도 별로 없는 것 같으니 그게 운 좋은 거 아니면 뭐냐고. 어떻게 생각하면 그 말이 맞을 수도 있지. 그런데 주변에서 뇌출혈 겪은 사람 얘길 들어보면, 일단 첫 스트로크에서 큰 후유증을 겪지 않은 사람들도 몇 년 뒤 재발해서 죽거나 반신불수가 되는 사례들이 많더라구. 그래서 마음이 좀 뒤숭숭하긴 해. 그게 내 주치의가 한 말의 뜻이겠지 뭐. 뇌출혈을 겪은 뒤의 삶은 그 이전의 삶과 아주 달라질 거라는.

황인숙 아, 엄살 부리지 마셔. 기억력 쇠퇴라니 내게는 십 년도 더 전에 일어난 일이야. 단언컨대 네 쇠퇴한 인지력이 내 왕성한 인지력보다 우월할 걸세. '피콜로'라는 말이 기억 안 났다지만, '콜린알' 뭐라구, 기다란 약성분 이름까지 기억하고 있잖아.

고종석 콜린알포세레이트. 그건 내가 기억하려고 수십 번 되뇌어서 그래. 그게 내 머리통의 활동을 규율하는 약성분인데, 이름을 모르고 있기가 찝찝하잖아. 정말 내 기억력에는 지금 큰 문제가 있다니까. 뭐, 뇌출혈 때문에 내가 능하게 구사하던 수십 개 외국어가 다 날아가 버렸다고 뻥을 칠 수도 있지만.(웃음) 그리고 혈압 때문에 술 담배를 못하는 게 괴로워. 사람들은 술 못하는 게 더 괴롭겠다고 하는데, 물론 술 못하는 것도 괴롭지만 곰곰 따져보면 난 담배 못하는 게 더 괴로워. 사실 사람들은 나한테서 담배보다는 술을 먼저 연상하잖아.

몇 년 전까지만 해도 24시간 술 마시는 게 다반사였고, 뇌출혈을 겪기 얼마 전까지도 열두 시간 마시는 게 보통이었거든. 하루에도 술친구를 여럿 갈아가면서 말이야. 그런데 막상 둘 다 못하게 되니, 담배가 더 그리워. 술은 막 마시고 싶다가도 뭔가를 허겁지겁 먹어서 배가 불러지면 욕망이 없어지는데, 담배라는 놈은 배고플 때나 배부를 때나 수시로 나를 유혹하지. 아 참, 너도 담배 완전히 끊어라. 거의 끊었다는 말은 들었다만, 원고 쓸 때는 피우기도 한다며.

황인숙 알았어.

고종석 너도 의사한테 여러 번 경고 받았잖아. 나도 담배 없이 글쓰기 어렵다는 걸 몸으로 겪어서 알고 있다만, 너는 폐랑 기관지가 안 좋잖아. 독하게 마음먹고 끊어. 너는 술을 일체 못 마시고 동네 고양이들 돌보느라 운동량이 많으니, 담배만 끊으면 완벽한 건강생활이다.(웃음)

황인숙 그러게 말이야. 길고양이 밥 주기가 건강에 좋긴 하지. 너도 건강 증진을 위해 한번 생각해 봐.(웃음) 알았다니까. 완전히 끊자고 머리에 입력해 둘게. 그게 담배를 못하는 너한테

위로가 됐으면 좋겠다.(웃음) 그래, 많이 힘들겠다. 어쩌겠어. 그런데 요즘 별 일 없이도 술 담배 끊는 친구들 많더라. 못 하는 게 아니라 안 하는 거라고 생각해 봐.

그나저나, 나는 다 읽은 책을 집에 두지 않는데, 찾아보니 네 책은 열댓 권 있네. 그래도 없는 책이 제법 돼. 책 참 많이 냈네! 내게 없는 책 알아보려고 인터넷 검색했다가 너를 헐뜯는 블로그 글을 발견했어. 되도 않은 글이더군. 내 친구한테 적대적인 글이 내용이나 논리나 문장이 허접해서 적이 위안이 됐어. 그걸 글이라고 읽은 시간이 아깝기 그지없지만. 나는 때때로 내 이름 치고 검색해 보는데, 너는 일절 그런 짓 안 한다고 알고 있어. 훌륭하이.

고종석 훌륭하긴. 인터넷에서 자기 이름을 검색해 보는 것, 그걸 '셀프 검색'이라고 할까 '오토 검색'이라고 할까, 암튼 해 본 지 10년도 훨씬 넘은 듯해. 그게 무관심에서 나온 버릇이라면 내가 좀 어른스럽다고도 할 수 있을 텐데, 사실은 불쾌해질까 봐 일부러 피하는 거야. 설령 내게 긍정적인 글이 부정적인 글보다 많다고 해도 부정적인 글을 하나 읽으면 기분이 상하니까, 알아서 조심하는 거지. 요컨대 훌륭하다고 할 건 없는 게, 그냥 내 정신건강을 위해 그러는 거라구. 너는 트위터나 페이스북이나 인스타그램 같은 소셜미디어도 안 하고 종이 지면에 글을 써도 정치적 얘기를 일체 안 하니 비난받을 일이 없지만, 나는 안 그렇잖아. 정치 얘기를 하다 보면 공인을 비판하거나 칭찬하게 되고, 그게 적을 만드는 일의 시작이야. 나를 헐뜯었 다는 친구도 그냥 노무현, 문재인 씨의 열렬한 지지자거나, 그 러니까 '깨어 있는 시민'이거나 반대로 박씨 부녀의 열렬한 지 지자, 그러니까 '애국보수'겠지. 정치는 정말 한국인들의 히스 테리인가 봐. 정치 얘기만 나오면 사람이 완전히 달라지는 경 우가 많잖아. 그런데 노무현 씨 지지자들과 문재인 씨 지지자 들, 사실 이 사람들이 이젠 완전히 겹치지도 않는데, 이 사람들 한테 나는 과도하게 비판받고 있다고 생각해. 물론 거기엔 내 경솔함도 한몫했지만. '깨시민'이라는 말을 비롯해, 그 사람들 을 조롱하는 말을 내가 만들어냈거든.

망상은
실현되는 법이 없다

황인숙 이번에 널 헐뜯은 사람은 '깨어 있는 시민'이야. 인터 넷에서 처음 '깨시민'이란 말을 대했을 때는 유시민 씨랑 관계된 명칭인가보다 생각했었어.(웃음). 참, 난 고료 없는 글은 안 써.(웃음) 그리고 정치적 얘기를 한 글이 아주 없지는 않아. 그 글에 대해 비난 받지 않은 건, 우선 내 정치적 견해가 이 사회에 별 영향을 미치지 않아서일 테지만, 고료를 주는 매체에 실린 글이었다는 것도 조금은 원인으로 작용하지 않았을까? 유료 매체가 무료 매체보다 양식 있는 환경이지 않을까? 예컨대 독자들이 말이야.

그나저나 찾아보니 작년 1월에 낸 『쓰고 읽다』가 네가 가장 최근에 낸 책이더라. 아, 팸플릿으로 낸 「기어가는 혁명을 위하여」가 있구나. 새로 발표한 글이 1년 넘게 없네. 발표는 안 했지만 써 뒀거나 쓰고 있는 글이 있나? 트위터랑 페이스북 글은 쓰잖아? 트위터와 페이스북 활동을 왜 그리 열심히 해?

고종석 아까 말했듯 트위터는 안 해. 페이스북만 이따금 하지. 너는 안 해 봐서 모르겠지만, 소셜미디어에는 술 담배처럼 일종의 중독성이 있어. 무슨 글을 쓰면 피드백이 거의 동시에 이뤄지잖아. 그게 마음을 흥분시키지. 그래도 뇌출혈 이후 그 좋아하던 술 담배를 끊었듯, 페이스북도 끊을 수 있을 것 같

6 강금실. 변호사. 전 법무부장관

황인숙이 끄집어낸 고종석의 속엣말

아. 사실 내가 소셜미디어에 입문한 건 금실이[6] 권유 때문이었어. 아, 너도 알겠구나. 그게 몇 년 전이었는지도 기억 안 나지만, 그래, 이명박 정권 때였지. 내가 엄청 가라앉고 우울해 보였는지 금실이가 느닷없이 트위터 하는 법을 가르쳐 줬지. 트위터가 내 삶에 활기를 줄지도 모른다며. 그런데 그 뒤로 내가 트위터에 너무 빠지게 되니까, 아까 네가 말했듯 친구들 만나도 스마트폰 액정만 들여다보고 있었잖아. 금실이가 나중에는 말렸지, 트위터 끊으라고. 그런데 그때는 이미 내가 너무 중독이 된 상태여서 금실이가 말려도 소용이 없게 돼 버렸어. 그게 참 후회돼. 그때 금실이 말을 들었어야 했는데.

나는 트위터를 하면서 적을 너무 많이 만들었어. 한나라당 계열 정당 지지자들이야 적이 돼도 그러려니 하지만, 민주당 계열 정당 지지자들 가운데 외려 적이 더 많게 돼 버렸어. 실상 나는 민주당 쪽에 더 가까운 성향인데. 박근혜 지지자 가운데 날 모르는 사람은 많겠지만, '깨시민' 가운데 날 모르는 사람은 거의 없을 걸. 나는 '깨시민의 공적', 공공의 적이니까. 그리고 트위터를 하면서 너무 쉬운 사람이 돼 버렸지. 내가 원래 고고했다는 뜻은 아니고, 종이 매체에만 글을 쓸 때는 나도 은연중에 조심을 하게 되고 그러니 내게 말을 함부로 하는 사람이 적었지. 그런데 트위터에서 내 정치적 견해를 직설적으로 밝히다 보니 사방에 적이 생겼어. 이름 모를 적들만 생긴 게 아니라, 지인들과 척을 지게 되기도 했고.

팸플릿 「기어가는 혁명을 위하여」를 낸 뒤에, 그러니까 작년에 책을 쓰려고 시도해 봤지. 하나는 신경증 환자를 주인공으로 한 거의 자전적인 소설이었는데 백 매 조금 넘기니까 더 못 나가겠더라. 자전적 소설일지라도 상상력이 가미돼야 하는데, 그놈의 상상력이 작동을 안 하는 거야. 그게 작년 여름이었는데, 진도가 더 안 나가는 거야. 그래서 포기했지. 또 하나 쓰려고 했던 책은 내 스페인어 학습 경험을 바탕으로 삼은 근사한 스페인어 교잰데, 광화문 교보에 가 보니까 좋은 스페인어 교재가 너무 많은 거야. 그래서 이것도 포기해 버렸지. 제일 중요한 건, 사실 안타까운 건, 가르시아 로르카 시 전집을 원어에서 직접 번역하려던 거였어. 너나 나나 가르시아 로르카를 참 좋아하잖아. 한국어판 로르카 시집들은 죄다 영어를 중역한 거라서 야심차게 작업할 요량이었는데, 정환 형이 벌써 번역해서 문학동네에 갖다 줘 버렸다더군. 작년에 정환 형이랑 술 마시다가 그 말을 들었는데 김이 팍 새더라. 사실 이 일들에 다시 매달릴 수 없는 건 아니지. 소설이든 외국어 교재든 번역이든. 그런데 뇌출혈 이후에 술 담배를 전혀 안 하다 보니 열정도 사그라든 것 같아. 암튼 담배 없이는 글을 못 써. 지금으로선 그래.

황인숙 아, 정환 선배! 로르카도? 정환 선배가 스페인어까지 섭렵하셨단 말이야?

고종석 그런 거 같지는 않은데.(웃음)

황인숙 모처럼 마음을 냈는데, 아쉽네. 정환 선배만 아니라면 너대로 번역해서 겨룰 만도 했으련만. 너, 몇 해 전에 '절필선언'을 했지. 경향신문에 제법 크게 실린 기사를 본 기억이 나. 그냥 슬그머니 안 쓰면 되는데, 왜 공개적으로 그런 거야?

고종석 그게 이명박 정권 끝나갈 무렵이었어. 술 담배를 끊을 때 그걸 공개적으로 선언하면 결심을 깨기가 상대적으로 어렵잖아. 마찬가지로 다시 글을 안 쓰겠다는 결의를 다지기 위해서였어. 결국은 깨졌지만.(웃음) 그리고 나는, 나중에 늬들의 비웃음을 사기도 했지만, 정치를 하고 싶었어. 현실정치를. 그러니까 사실, 2012년 대선에 나가려고 절필선언을 한 거야. 지금 돌이켜보면 내가 생각해도 황당한 일이지만. 그때 내 생각에 반-한나라당 진영에서 문재인 씨는 절대 양보를 안 할 것 같았고, 안철수 씨는 결국 들어갈 거 같아서 안철수 씨를 눌러 앉히고 박근혜, 문재인, 고종석 3파전을 치러보겠다는 망상이 있었지. 돈도 없고 조직도 없고 정치경험도 없었던 주제에. 암튼 그때 진석이[7]한테는 자세한 얘기를 했어. 진석이가 진지하게 반응한 것 같지는 않지만. 사실 병직이나 승렬이[8]한테도 얘길 하고 도와달라고 했지. 몇몇 가까운 다른 친구들하고 너한테도 지나가듯 말을 한 거 같은데. 그 친구들이 얼마나 기가 찼을까?

그런데 그 망상은 4년 뒤에 다시 살아났어. 내가 「기어가는 혁명을 위하여」를 쓴 것도 그 때문이야. 나는 개헌을 한다면 독일식 내각책임제로 해야 한다는 신념이 있었지. 지금도 그렇고. 그래서 그 팸플릿에 연동형 비례대표제를 설명하고 차기 대통령은 국회와 임기를 맞추기 위해 일찍 사임해야 한다는 점을 분명히 했지. 그걸 공약으로 내걸고 나갈 생각이었어. 그 팸플릿을 앉은 자리에서 단번에 썼는데, 쓸 때는 사람들이 내 이 탁월하고 공정한 견해에 다 공감할 것 같았어. 그리고 대선에서 날 찍어줄 것 같았지.(웃음) 그런데 망상이 실현되는 법은 없잖아, 실현되면 망상이 아니지. 그리고 여전히, 그러니까 2012년처럼 돈도 없고 조직도 없고 정치경험도 없었는데. 그래서 세상의 이치가 그렇듯, 2012년과 마찬가지로 가족들

7 김진석. 철학자. 인하대 교수
8 이승렬. 역사학자. 연세대 강사

한테 욕만 엄청 먹고 내 망상을 포기할 수밖에 없었지. 그 포기는 최종적 포기였어. 현실정치에 발을 들여놓겠다는 생각은 안 하겠다는 것. 망상은 이제 그만 해야지.

황인숙 어떻게 현실정치에 처음 발을 들여놓으면서 대통령 선거에 나갈 생각을 했어? 국회의원 선거나 지방선거에 나가는 게 일반적이지 않나?

고종석 사실 지난 대선 이전에 치러진 광주 국회의원 보궐선거에도 나가려고 했어. 내가 본적도 서울이어서 광주랑 직접 관련은 없지만 원적이 호남이니까. 그때 부모님은 설득했는데, 다른 가족들의 반대가 심해 역시 못 나갔지. 또, 대통령 선거만큼은 아니지만 선거자금이 필요한데 돈도 없었고. 그러니까 절필 이후에 나는 현실정치 안으로 들어가려고 계속 망상을 이어갔던 셈이야. 비록 실천은 못했지만. 출마를 한 번도 못한 게 조금 아쉽기도 해. 그게 망상이었든 아니었든.

황인숙 그래도 트위터는 계속 했잖아. 아까워라, 고료 한 푼 안 나오는 글을 성실하고 치열하게 쓰셨는데, 절필이라고 할 수 있나? 무엇보다도 친구들을 걱정시킨 건, 직업이 문필가인 가장이 글을 안 쓰고 어떻게 가계를 꾸려 나갈까 하는 거였어. 대체 생활비는 어떻게 만들 생각이었어? 물론 그 이후 알마출판사에서 기획한 강좌도 성공적이었고, 그 강의를 책으로 엮은 『고종석의 문장』도 반응이 좋았지만, 계속 이어진 것도 아니었으니……. 아무튼 강의나 강연을 업으로 삼아도 좋았을 능력을 보여주셨는데, 그에 대한 욕심은 없었어?

고종석 그러니까 망상이었지, 현실정치에 대한 내 관심 말이야. 가장 중요한 건 내게 공탁금으로 낼 돈도, 그걸 빌려줄 사람도 없었다는 거지. 그러니까 나는 완전히 디즈니랜드에서 〈오버 더 레인보우Over the Rainbow〉를 불렀던 셈이야. 아까 말했듯 가정경제도 제대로 꾸리지 못해서 돌려막기로 살아가던 주제에.

　돈벌이를 위해서 몇 차례 연속 강의를 하긴 했었지. 글쓰기가 주제였던 적도 있고, 언어학이 주제였던 적도 있고, 카뮈의 희곡 『정의로운 사람들』 원서를 강독하기도 했지. 강의는 나한테 맞는 것 같았고 나름의 재미도 있었어. 그렇지만 내가 줄곧 말하고 싶었던 건 현실정치에 관한 것이었어. 그런데 현실정치에 대해 강의할 기회는 없었지. 나 개인적으로는, 말장난을 하자면 '정치에 목마른 계절들'이었어. 현실정치에.

황인숙 오버 더 레인보우… 무지개… '무지개 너머'라는 말 슬프다. 〈무지개 너머〉는 뮤지컬 〈오즈의 마법사〉에 나오는 노래지.

고종석 그래, 〈오즈의 마법사〉에서 도로시 게일 역을 맡았던 주디 갈런드가 부른 노래지. 그 무지개 너머는 꿈꾸던 것이 실제로 이뤄지는 곳이고, 모든 걱정이 레몬즙처럼 녹아내리는 곳이지. 빗방울로 얼룩진 현실과는 다른, 파랑새가 푸른 하늘을 날아다니는 곳이기도 하고. 어린 소녀 도로시의 유치한 꿈들이 마법처럼 이뤄지는 곳! 내가 꿨던 유치한 꿈들, 그 망상이 출마를 통해 마법처럼 이뤄지기를 바랐나 봐. 그렇지만 무지개 너머가 상징하는 이 희망들은 흔히 이룰 수 없는 희망들이지. 내 망상이 그랬듯. 그렇지만 그런 희망들, 그런 망상들을 통해 세상이 조금씩 앞으로 나아간 것도 사실이야.

절필과 상처,
말할 수 있는 것과
말해야 하는 것

황인숙 네 가까운 친구들인 우리한테는 네가 돈키호테처럼 여겨졌어. 걱정이 되고 당황스러웠지. 윤필이[9]만 뜻밖에도 네게 현실적으로 긍정적인 면모를 본 듯했는데, 그거 몰랐지?

고종석 아, 윤필이가 내 망상을 좋게 받아들였나? 그 친구 나한테 점수 좀 땄네.(웃음)

황인숙 현실정치라… 정치론을 쓰지 그랬어? 탁월한 정치론을 저작물로 내는 것도 현실정치에 관여하는 거 아닐까? 또 모르잖아, 그로써 정치인으로 발탁될 기회가 생길지도. 가령 최장집 같은 학자들처럼 말이야. 정치인이 되고 싶었다면 그게 정공법일 수도 있었으련만. 하긴 그 과정이 지난하게 느껴졌을 수도 있겠다. 즉각적인 피드백은 없을 테니. 그리고 권력만 있다면 쉽사리 수정할 수 있을 것 같은 사안들에 조갑증도 났을 테고.
　그런데 네가 정치인이 되고자 하는 욕망이랄까 야심을 커밍아웃하니까, 대개 두 가닥으로 반응을 보였지. 정치인을 별 훌륭한 님으로 여기는 이들은 '일개 글쟁이가 감히?'하며 코웃음을 쳤고, 정치인을 상스럽고 더러운 놈으로 여기는 이들은 '고종석이 출세와 권력을 탐하다니, 허…' 하며 뒤숭숭해

했지. 나는 정치에 대한 너의 청순한 사랑이라 느꼈는데, 팔이 안으로 굽은 거였나? 솔직하게 말해 봐.

고종석 글쟁이가 정치인이 되는 건 동서양을 막론하고 과거엔 아주 흔한 일이었어. 서양에서는 물론이고 특히 동아시아, 그리고 한국에서는. 그렇지만 고전을 음풍농월하던 조선조 사대부 정치인들을 흉내 내서 현실정치에 뛰어들겠다는 건 아니었고, 내게는 구체적 비전이 있었어. 팸플릿 「기어가는 혁명을 위하여」를 보면 차기 대통령, 그러니까 지금 대통령이 독일식 내각책임제로 개헌을 하고 자기 임기를 두 해 줄여서 지금 국회의원과 임기를 같이해야 한다는 점을 분명히 하고 있잖아. 그건 내가 정치를 통해 한국 사회를, 더 나아가선 세상을 바꾸고 싶었다는 거지. 내 절필선언에서도 한 말이지만, 글쓰기는 세상을 바꾸는 데 너무 무력해 보였어.

물론 세상을 바꾼 글쟁이들이 있기는 하지. 장 자크 루소는 『사회계약론』과 다른 저서들을 통해 프랑스대혁명의 씨앗을 뿌렸고, 에드먼드 버크는 『프랑스혁명에 대한 성찰』을 통해서 도버해협 건너편에서 일어나고 있는 '야만'을 비판하면서 현대적 보수주의를 정초했지. 마르크스와 엥겔스는 학술서와 대중서를 동시에 쓰면서 러시아혁명의 토대를 만들었어. 비록 그 두 사람은 공산주의 혁명이 러시아 같은 후진국이 아니라 프랑스나 영국 같은 자본주의 선진국에서 일어날 것이라고 내다봤지만. 1871년의 파리코뮌을 역사상 최초의 노동자 정권, 공산주의 정권이라고 본다면 비록 그것이 실패하기는 했고 프랑스 사회에 많은 상처를 줬지만, 그래도 마르크스가 완전히 틀렸다고만은 할 수 없어. 파리코뮌에 대한 마르크스의 상찬과 애도를 돌이켜 보면, 마르크스는 생전에 자기 예언이 부분적으로 실현되는 걸 목격한 셈이지. 토마스 페인처럼「상식」이라는 팸플릿으로 미국 혁명의 불을 붙인 글쟁이도 있고.

그렇지만 나는 그런 거물 글쟁이들과는 거리가 멀었지. 선동적 언어를 사용하는 데도 약했고. 그렇다고 해서 내가 정치에 대한 글, 정치론을 안 쓴 건 아니야. 단행본을 낸 적은 없지만, 정치에 대한 글은 많이 썼어. 논설위원 시절 한국일보 지면과 《시사저널》과 《시사인》, 〈한겨레〉 지면에도 썼지. 단행본 《인물과 사상》에는 백 매 이상의 긴 글들을 썼고, 그 가운데 일부는 『정치의 무늬』라는 선집으로 묶였어. 게다가 나는「기어가는 혁명을 위하여」에서 피력한 내각책임제 개헌론에서 보듯 나름의 커다란 정치적 프로그램이 있었고, 그걸 한국 사회에 실현하고 싶었어. 그런 방식으로 축조된 내 망상 속에서는 행정부에서 누가 어떤 일을 하면 잘 할까 하는 생각이 자연스럽게 자라났고, 그래서 내 머릿속에는 일종의 그림자 내각도 있었어. 여기서 구체적으로 이름을 말하는 건 거론된 이들에게 실례가 될 테니까 삼가겠지만, 나는 내가 사적으로 얽혀 있는 친구들에게 행정부를 맡길 생각은 없었어. 그건 내가 정치를 권력에 대한 탐욕 이상의 진지한 것으로 봤다는 뜻이지. 비록 내게 기회는 오지 않았고, 처음부터 올 가능성도 없었지만, 나는 드림팀을 통해서 대한민국을 명실상부한 정치 선진국으로 만들고 싶었어. 트위터로 내각책임제를 선전한 것도 그 맥락 안에 있었고.

황인숙 윤필이는 네가 정치적 포부로 그리는 그림이 보석일 수도 있다고 생각한 것 같아. 네가 펼치고자 하는 정치 프로그램이 획기적으로 가치 있는 것일지 모른다고 궁금해 했어. 자꾸 망상, 망상, 그러지 마. 그저 돈이 없어서 망상이 되고 만 빛나는 신념이 세상엔 얼마나 많을까. 그때 진지하게 편들어주지 못해서 미안해. 우리는 자꾸 농담으로 돌리려 했지….

너는 아마 트위터로 가장 크게 망한 사람일 거야. '망한'을 '망가진'으로 해석하는 사람도 꽤 되겠지. 숱한 적을 만들고 친구도 여럿 잃었어. 트럼프도 망 트위터리언 중 하나인데, 그에게는 지지 댓글도 많을 거야. 나는 네 트위터 글에 구십 분 동의했는데,

나 같은 사람도 적지 않을 거라고 짐작해. 그런데 네겐 악플만 벌떼처럼 따라다녔지. 그 차이는 트럼프에게는 있고 고종석에게는 없는 것, '권력'이 만든 거라고 생각해. 상처 많이 받았지?

고종석 상처를 아예 안 받았다면 거짓말이겠지만, 네가 생각하는 정도는 아닐 거야. 나는 소셜미디어에다 글을 쓸 때 논쟁을 하는 스타일이 아니라, 내게 시비 거는 사람들을 무시해버리는 스타일이니까.

내가 그렇게 적을 많이 만든 것은 상황을 고려하지 않은 정직함 때문이기도 했어. 예컨대 이런 거야. 몇 년 전 신영복 선생이 돌아가셨을 때였어. 나는 그때 트위터에 '선생을 20년 이상 가둬놓은 파시스트들을 결코 용서할 수 없지만, 내가 선생의 책에서 배운 것은 거의 없다.'고 썼거든. 정확한 워딩인지는 기억이 안 나지만 암튼 그런 요지의 글을 썼어. 그와 동시에 내 댓글창이 수위 '깨어 있는 시민'들과 자칭 '좌파'들의 욕설로 난리가 났지. 그렇지만 나는 그 말을 후회하지 않아. 나는 신영복 선생의 책을 다 읽어봤는데, 그냥 세속의 지혜를 단편적으로 모아놓은 거야. 시인 류시화 씨의 번역서나 라즈니쉬의 책이 그렇듯. 사실 그 책들만 못하지. 신영복 선생에 대한 그 트윗 때문에, 당시에 〈경향신문〉 지면에 연재하던 「고종석의 편지」에서 신영복 선생 비판이 다루어지게 될까 봐 경향신문 편집진은 즉시 「고종석의 편지」를 중단해 버렸지. 사실 내가 그 비판을 예고하기도 했고. 심지어 신영복 선생께 보내는 편지를 탈고하기까지 했는데, 마감 직전에 경향이 나를 필자에서 자르더군. 가만 있자… 그때 내가 경향에 주려던 글이 폰에 저장돼 있을 거야. 잠깐만 기다려 봐. 음, 여깄다. 한번 읽어봐.

신영복 선생님께

지난달 15일 선생님의 부고기사를 경향신문 트위터 계정에서 읽은 직후 저는 제 트위터에다 이렇게 소회를 적었습니다. "명복을 빕니다. 또 한 번 경쟁적 추모의 물결이 일겠구나. 나는 선생을 20년 동안 가둬놓은 장군들에게 깊은 분노를 느끼고, 그 긴 옥살이를 견뎌낸 선생에게 경외감을 느끼지만, 선생의 책에서 배운 바는 거의 없다."

이 짧은 트윗 탓에 저는 선생님을 존경하는 사람들로부터 며칠 동안 소위 '조리돌림'을 당했습니다. SNS 공간에서 집중적 공격과 모욕을 당했다는 거지요. 사람들이 제 트윗에서 분노를 느낀 것은, 우선 "또 한 번 경쟁적 추모의 물결이 일겠구나."라는 문장에서 제가 의도하지 않은 어떤 비아냥거림을 느꼈기 때문이라고 생각합니다. 사실 그 문장은 얼마 전에 작고하신 김영삼 전 대통령에 대한 추모 열기를 염두에 두고 쓴 것입니다. 그러나 사람들을 가장 화나게 한 부분은 "선생의 책에서 배운 바는 거의 없다."라는 문장이었던 것이 확실합니다.

그렇습니다. 저는 선생님의 책에서 배운 바가 거의 없습니다. 그리고 선생님에 대한 추모의 열기가 그야말로 경쟁적으로, 전국적으로 번지고 있던 그 순간, 한 무명의 서생이 그런 개인적 감회를 발설했다고 해서 그것이 선생님께 저지른 커다란 결례였다고는 지금도 생각지 않습니다. 무엇보다도 제 고백이 선생님을 비난한 것이 아닐 뿐만 아니라, 상찬이든 비난이든 사람들 마음에 버튼이 눌려 그것이 하나의 거대한 집단적 의식이 되었을 때, 거기에 한마디의 상찬이나 비난을 얹는 것은 아무런 의미가 없다고 생각하기 때문입니다. 그이의 죽음이 알려지자마자 그이의 책에서 배운 바가 거의 없다고 쓴 것이 선생님을 존경하는 사람들의 비위를 거슬렀을지는 모르겠습니다. '타이밍'의 예의를 지키지 않았다는 것이지요. 그러나 모두가 선생님의 죽음을 애도하는 그 모노톤의 분위기에 제가 어떤 반발을 느꼈는지도 모르겠습니다. 아무튼 언젠가 닥쳐올 제 죽음이 결코 선생님의 죽음처럼 떠들썩하지 않으리라는 확신은 제게 안도감을 줍니다.

선생님의 책에서 제가 배운 바가 거의 없는 이유 하나는 제가 선생님의 책을 처음 접하게 된 때가 서른이 넘어서라는 데 있을지 모르겠습니다. 서른이 넘어서 생각이 바뀌기는 쉽지 않습니다. 사람과 세상에 대한 제 생각은 이미 20대의 거푸집에서 확고히 주조되었고, 그 뒤로 거의 바뀌지 않았습니다.

처음 읽은 선생님의 책은 당연히 『감옥으로부터의 사색』이었습니다. 그 책은, 선생님의 다른 책들과 마찬가지로, 스테디셀러가 되었습니다. 그러나 그 책은, 선생님의 다른 책들과 마찬가지로, 제게 깊은 인상을 주지 못했습니다. 비록 옥중에서 보낸 편지라고는 하나, 서간문에서 깊은 인상을 받기는 어려웠겠지요. 지금 제가 선생님께 쓰는 이 글처럼 말입니다. 그 책에 선생님의 숭배자들이 자주 인용하는 '여름 징역'의 힘듦 얘기가 나옵니다. 옆 사람의 체온으로 추위를 이겨나가는 겨울철의 원시적 우정과는 극명한 대조를 이루는, 자기 바로 옆 사람을 증오하게 만드는 여름 징역의 형벌 말입니다. 그러나 저는 덤덤했습니다. 단칸방에서 여섯 식구가 살을 포개고 구겨 누워 잠을 자야 했던 10대 한 시절 '여름 가난'의 기억이 있었기 때문입니다.

선생님은 통일혁명당 사건으로 무기징역을 선고받았고,

20년 20일만에 전향서 한 장을 쓴 대가로 풀려나오셨습니다. 그것도 오랫동안 잠들어 있던 한국 민주주의가 기지개를 켜던 시절이었기 때문에 가능했을 것입니다. 『감옥으로부터의 사색』보다 더 치열한 사유를 담은(물론 제 소박한 의견일 뿐입니다.) 『옥중서신』을 쓴 서준식 선생은 전향이라는 것에 커다란 의미를 부여하며 그것을 거부함으로써 자신의 옥살이를 늘렸지만, 달리 보면 전향서라는 종잇조각 하나에 뭐 그리 큰 의미가 있겠습니까? 더구나 선생님은 출옥하신 이후의 한 인터뷰에서 "전향서는 하나의 형식이었을 뿐, 사상을 바꾸거나 동지를 배신하지는 않았다."고 말씀하셨습니다. 그렇다면 제가 20대에 스스로 얼개를 잡은 리버럴의 틀을 벗어나지 않고 지금까지 살아왔듯, 선생님도 20대에 공산주의 세례를 받으신 뒤 돌아가실 때까지 공산주의자로 살아가셨는지도 모르겠습니다. 많은 사람을 매혹한 선생님의 매력은 '진정한 공산주의자로서의 인격'인 수도 있습니다. 저 같은 반공주의자는 '진정한 공산주의자의 인격' 같은 걸 상상할 수 없지만 말입니다.

『감옥으로부터의 사색』 이후에 선생님이 낸 책들은 대개 가벼운 미셀러니[10] 모음이었습니다. 만약에 '통혁당/신영복'

10 잡수필. 생활 주변에서 일어나는 사소한 일을 소재로 가볍게 쓴 수필.

이라는 아우라가 없었다면, 그 책들이 평가받았을 것 같지도 않고 팔려나갔을 것 같지도 않습니다. 저는 그 책들에서―결례를 용서하소서.―텔레비전의 공익광고 카피들을 연상했고, 대중적 소구력이 큰 말의 전문가들을 떠올렸을 뿐입니다. 새누리당 홍보를 책임지고 있다는 조동원 씨나 더불어민주당 홍보를 책임지고 있다는 손혜원 씨 같은 사람들말입니다. 선생님의 책이 널리 읽힌 것은 선생님의 삶이 지닌 아우라와 더불어, 선생님의 글이 보드랍고 들큼해 일반 독자들의 접근 가능성이 높았기 때문이라고 생각합니다. 선생님은 한 세대와 기질이 맞았던 대중문필가이셨던 것입니다. 선생님이 돌아가신 직후에, 더불어민주당에 남을 것이냐 국민의당으로 갈 것이냐를 고민하던 박영선 의원은 선생님 책의 어떤 구절을 보고 더민주에 남기로 결정했다고 하더군요. 박의원에게 선생님은 '스승'이셨던 겁니다.

선생님이 작고하고 며칠 뒤, 정치학자 손호철 씨는 경향신문에 기고한 '시대의 스승, 리영희와 신영복'이라는 글을 통해서 선생님과 리영희 선생님을 깊이 추모하며, 스승이 사라진 이 시대를 한탄한 바 있습니다. 손교수는 리영희 선생을 '선도 투쟁'의 스승으로, 선생님을 '하방 연대'의 스승으로 명명했더군요. 일상적으로 흔히 쓰는 말은 아니지만, 손교수가 어떤 말을 하려 했던 것인지 짐작은 됐습니다. 그런데 어떤 공동체에 '시대의 스승'이라는 게 꼭 필요한 것일까요? 그러나 혹시라도 선생님을 책으로만 대하지 않고 직접 사사했다면, 저 역시 선생님의 수많은 숭배자 가운데 하나가 되었을지도 모릅니다.

선생님이 작고하시자마자 대중적 비난에 노출되었던 터라, 혹시라도 선생님 책에서 배울 것이 정말 없나 싶어 요즈음 선생님의 『담론』을 다시 읽고 있습니다. 지난해에 사서 읽다가 중간에 포기한 책입니다. 이 책에서 선생님은 설핏 학자의 풍모를 보이시기도 하지만, 내용은 여전히 감옥생활을 비롯한 선생님의 사생활 위에 얹혀 있습니다. 선생님의 이야기는 반복하고 순환합니다. 20장 「우엘바와 바라나시」를 막 읽은 지금까지도, 제겐 선생님이 20년간의 감옥생활에 박제돼 계신 듯 보입니다.

그러나 저를 한 집단의 증오 표적으로 만든 그 트윗에서 밀렸듯, 저는 그 긴 옥살이를 맨정신으로 버텨낸 선생님께 깊은 경외감을 느낍니다. 물론 전향 같은 것은 생각해 보지도 않고 선생님보다 긴 세월을 옥중에 있다가 북으로 돌아간 장기수 선생님들도 계시지만, 저라면 20년의 감옥생활을 버티지 못하고 아마 자살했을 것입니다. 그런 강인함은 배울 수 있는 것이 아니라, 타고나야 하는 것이겠지요.

이 편지로 인해 저는 선생님을 존경하는 많은 사람에게 또다시 비난을 받을 것입니다. 그러나 그런 비난이 두려워서 제 표현의 자유 행사를 삼가고 싶지는 않았습니다. 선생님의 작고를 '이벤트'로 만든 사람들 덕분에, 요즘 선생님의 책이 부쩍 더 팔려나가고 있다고 합니다. '시대의 스승'으로서 선생님의 자리는 꽤 길게 유지될 듯합니다. 삼가명복을 빕니다, 선생님.

친구들 사이에서나
했으면 좋았을 말

고종석 다 읽었어? 어때? 사실 상처라는 걸 받았다면 나는 그때 〈경향신문〉의 이 '사려 깊음'이랄까 '패거리주의'에 상처받았어. 팔푼이의 제 자랑으로 여겨도 좋지만, 나는 어떤 매체에 고정 필자로 글을 쓰다가 매체의 의사로 잘려본 적이 없어. 항상 내 쪽에서 글쓰기 중단을 결정했지. 〈한겨레〉의 고종석 칼럼이 「절필」이라는 제목의 글로 끝난 것도 그래서고, 그 바로 전에는 《시사인》이 권말의 시사 에세이 고정 필자로 3년 째 나를 놔주지 않는데 나는 「작별」이라는 제목의 글로 놓여났어. 《시사인》 편집부에서 제목은 좀 멋없게 바꿨지만. 아, 〈한국일보〉

를 그만둔 한참 뒤에 그 신문에 언어학 에세이를 연재하다가, 글이 너무 학술적인 탓에 잘린 적이 한번 있구나.

암튼 그래서 나는 〈경향신문〉에 엄청 실망했고 화가 났어. 그렇지만 나는 〈경향신문〉의 구독을 끊지 않았지. 〈경향신문〉은 전반적으로 한국 언론을 대표할 만한 지성을 갖춘 신문이니까. 다만, Y대학교 사회학과에서 가르치는 K씨를 경향이 사랑해 온 건 이해하기 힘들어. 내가 보기에 K씨는 글의 됨됨이로 보든 공적 행동으로 보든 3류 타블로이드에나 어울리는 글쟁이니까. 신영복 선생한테야 지식인이라는 타이틀을 예의로 붙여줄 수도 있지만, K씨한테는 그 알량한 칭호도 과분하지. 아무튼 나는 경향신문이 신영복 선생에 대한 충성심 때문에 나를 잘랐다는 데 상처받았어. 신영복 선생이 지식인의 범주에 속한다고 할지라도, 내 기준으로는 C급이거든. 세상엔 신영복 선생 말고도 지성이 아니라 에피소드나 포즈로 A급 지식인이 된 사람이 많지. 몇 사람 이름이 막 떠오르는데, 입을 다물게.

황인숙 당연히 입을 다물어야지. 게다가 누가 물어봤냐고오! 신영복 선생에 대해 왜 그런 얘기를 하고, 왜 그런 편지를 써? 막 돌아가신 이에 대해 꼭 그런 소회를 밝혀야 속이 시원했어? 〈경향신문〉에서도 겁을 낼 만했네. 신영복 선생이 과대

평가된 지식인인지 아닌지가 뭐 그리 중요해? 선생이 양화를 구축한 악화도 아니고 말이야. 물론 섬세하게 근본적으로 짚고 넘어가고 싶은 네 염결한 의식도 모르는 바 아니지만, 친구들 사이에서나 했으면 좋았을 말이었어.

고종석 인정해. 더구나 신영복 선생은 우리 사회에 수많은 추종자를 거느린, 말하자면 지식인계의 스타였던 분이잖아. 그런데 그분에게 배운 게 거의 없다고 말했으니 추종자들에겐 많이 거슬렸을 거야. 그렇지만 엄밀히 말하면 내가 신영복 선생을 비판한 것도 아니잖아. 다른 사람들은 어쨌는지 몰라도 나는 그분의 책에서 배운 게 거의 없다고 썼을 뿐인데. 그래, 네 말대로 타이밍이 안 좋았고, 친구들 사이에서나 했으면 좋았을 말이었지. 사실 친구에게 할 말도 가려야지. 특히 그게 단둘이 있는 자리가 아니라면.

공중 앞에서 친구 흉을 보는 건 절교하자는 것과 마찬가지지. 너도 알다시피 내가 명교[11]랑 틀어지게 된 것도 트위터 탓이야. 멍청한 나는 농담이랍시고 트위터에다 명교 불어 실력에 대해 좀 부정적인 품평을 익살스럽게 했는데, 걔가 완전히

---

11 정과리, 문학평론가, 연세대 교수

꼭지가 돈 거지. 그 뒤 내가 몇 번 화해를 청했는데도 외면하더구먼. 내 잘못이니 어디다 억울함을 하소연할 수도 없었고. 명교처럼 가까웠던 친구까지 적으로 돌리고 말았으니, 정치인들이 잘 하는 말로 그게 다 내 부덕의 소치야.

황인숙 그래, 네가 경솔했어. 그리고 네가 하소연할 건 억울함이 아니라 매몰차게 절교 당해서 생겼을 섭섭함, 혹은 서러움이지. 정과리 씨는 사적인 자리에서든 공적인 자리에서든 결코 네게 불리한 말은 하지 않았을 거야. 그걸 우정이라고 부르든 패거리의식이라고 부르든. 너한테는 아마 우정 쪽일 거야. 정과리 씨가 되레 억울하고 섭섭했겠네.

고종석 나는 어리석게도 내가 트위터에서 그런 말을 한다고 해서 명교의 불어가 정말 내 불어에 달린다고 믿을 사람은 없다고 생각했거든. 명교는 이 시대가 인정하는 엘리트인데. 주위 사람들이 다 아는 '모범 인간' 아니니? 나로선 그냥 한번 익살을 부린 셈인데. 휴.

황인숙 바보 같은 소리! 네 트위터를 팔로우했던 수만 명의 사람들이 어떻게 다 정과리 씨를 알겠어? 김정환 선배가 몇 해 전에 한 말이 있어. 고종석이 온종일 트위터 하면서 산다는데, 대체 어쩌고 있나 궁금해서 이틀에 걸쳐 샅샅이 들여다 봤대. "바른 소리만 하더라. 하루 종일 바른 소리를 하고 있는 게 제 정신이냐?" 선배 특유의 알쏭달쏭 시니컬한 말씀이지. 조재룡[12]은 또 그러더라. "옳은 말도 많아. 그런데 어쩌나 얄밉게 하는지."

고종석 정환이 형 말은 내가 너무 사적 관계에 얽매이지 않고, 그러니까 사적 관계를 무시하고 사람들에 대한 내 의견을 곧이 곧대로 쓴다는 뜻일 거야. 서로 인사라도 하는 사이면 좀 봐준다거나 하는 것도 있어야 하는데 말이야. 또 내가 사적으로 싫어하고 사람들한테 미움 받는 이를 중뿔나게 칭찬하는 경우도 있거든. 공정성을 지킨답시고. 물론 명교에 대해서 내가 한 말은 완전히 농담이었지만 '세상 사람들도 과연 그걸 농담으로 받아들일까', 하는 데에 내 생각이 못 미쳤던 거지. 그리고 재룡이 말은 나도 부분적으로 인정해. '문재인 지지자'라고 말해도 될 걸 트위터에선 더러 '문위병'이나 '달레반'이라 부른다거나, 문재인 지지 열기를 비아냥거린 뒤 '달라후 아크바르'라는 말을 붙인다거나 하는 식이었으니까. 내 경박함을 인정함.

12 조재룡. 문학평론가. 고려대 교수

황인숙 '달라후 아크바르'가 뭐야?

고종석 아랍어로 '알라는 위대하시다.'라는 뜻의 '알라후 아크바르'의 첫 음절만 '달'로 바꾼 거지.(웃음) 물론 여기서 달은 문재인 대통령을 뜻하고.

황인숙 어이구, 참 'JS후 아크바르'네. 왜 그런 경박한 말로 자신을 깎아내려? 나는 네 정치적 견해에 대개 동의해. 그런데 지난 대선 기간에 소위 '문까' 활동을 그리 극렬히 했으니 말의 폭력은 물론 실제로도 손해를 많이 당하고 있지. 대세라는 게 있는데, 기울어진 판에 승자 측에 척을 졌으니 말이야. 누구는 자업자득이라 하겠지만, 염량세태를 절감할 거야. 어느 언론매체건 네게 지면을 주지 않잖아. 생계가 달린 일인데.

정치판의 후방에서 전면전에 나선 건 네 올곧은 시민정신이 발로겠지만 호승심도 작용하지 않았을까? 나는 이제 우리나라나 외국이나 정치 재미없던데, 여전히 흥미로운가? 선과 악, 정의와 불의가 명료하게 구별되는 듯했을 때는 그렇지 않았는데. 편하고 좋았는데. 이제 세상사 다 그렇듯, 이쪽에도 부당함이 있고 야료가 있고 다 그렇고 그런 겹겹이다 싶으니, 앞으로는 투표도 안 하게 될 거 같아. 글쎄, 어쩌다 보니 당원이

된 미소 정당이나 찍으러 가게 될까. 전에는 투표하지 않는 자체가 반대당에 표를 주는 셈이었지만, 지금은 그것도 아니니까. 정치란 무엇이라고 생각해? 아, 자꾸 정치 얘기해서 미안!

고종석 무슨 얘기든 환영함. 요즘 언론매체에서 내게 지면 주기를 꺼리나? 어떻게 내 일을 나보다 네가 더 잘 아니?(웃음) 만약에 그게 사실이라면, 〈경향신문〉은 신영복 선생 때문에 그랬던 거고 특히 〈한국일보〉에서 그런다면, 내가 과거에 소셜미디어에서 문재인 씨를 세게 비판해서만은 아니야. 사실 그것보다 더 큰 건 〈한국일보〉 지면을 비롯한 종이매체에서 몇 번 삼성을 두들겨 패서지. 조중동문이야 어떻게 하든 내게 지면을 주기 싫을 거고. 내가 〈한국일보〉 논설위원 하고 있을 때 《시사저널》 사태'13가 일어났었는데, 내가 한 네 번 정도 연속으로 삼성을 조지는 칼럼을 썼을 거야. 주필이 내게 따로

13 2006년 6월 15일, 삼성 관련 기사와 관련해 삼성 쪽으로부터 전화를 받은 《시사저널》 사장이 기사를 뺄 것을 지시했다. 그러나 편집국장과 취재총괄부장 등은 그 요구를 거부했고, 사장이 인쇄소에 직접 나가 해당 기사를 삼성 광고로 대체했다. 그 일로 편집국장의 사임, 취재팀장의 무기정직을 비롯해 기자 24명 중 17명이 징계를 당했다. 이후 1년 여간 시사저널 기자들은 '편집권 독립 장치 마련'을 요구하며 파업했고, 회사 측은 직장 폐쇄로 이에 대응했다. 파업에 동참한 기자 22명은 결국 회사와 결별하고 2007년 8월 29일 《시사인》을 창간했다.

뭐라 하진 않았지만, 논설위원실이나 편집국에서 불편해 하는 눈치는 있었지. 사실 신문사 사정도 어려운 시절이었는데. 언론에서 제일 조심스러워하는 기사가 삼성에 관한 기사야.

사실 지면이 있어도 요즘 같아선 글 쓸 기력도 없어. 그렇지만 네 말대로 언론매체에서 내게 지면을 주길 꺼려한다면, 그렇게 삼성을 연속으로 두들겨 팬 전력이 있다는 것과 사회적으로 존경받는 사람을, 그러니까 신영복 선생이나 리영희 선생 같은 분들을 불쑥 비판한 적이 몇 차례 있다는 것 때문일 거야. 특히 삼성을 사납게 비판했다는 거. 삼성을 비판하고 나면 꼭 신문 나오자마자, 그러니까 저녁 때, 삼성 측으로부터 전화가 와. 아침판에 빼거나 표현을 달리 해줄 수 있냐는 거지. 나는 그럼 사장한테 직접 전화하서서 맘대로 하라고 그러지. 그리고 내 기사가 빠지거나 변형되면 다음번 기사에 그 사실을 꼭 쓸 거라고 엄포를 놓지. 그런데 사장한테 전화를 하라는 말이 지금 생각하면 얼마나 어리석어? 실제로 삼성은 《시사저널》 사태 때처럼 사장한테 전화를 해서 기사를 빼기도 하잖아. 또 근자에 문제가 된 소위 '장충기 문자 사건'엔 뭔 놈의 언론사 사장, 주필들이 그리 많이 등장하냐? 지금 〈한국일보〉 사장하는 이준희 씨도 예외는 아니고. 아, 대학교수도 등장하더구먼. 내가 아까 3류 글쟁이라고 말한 K.

그런데 내게 호승심이 아주 없지야 않겠지만, 너한테 지적받을 만큼인가?(웃음) 정치라는 건, 현실적으로 말하면 권력을 포함한 여러 형태의 자본을 그 구성원들에게 배분하는 과정이겠고, 이상적으로 말하면 사회를 좀 더 살 만하게 만드는 실천이겠지.

보수주의자의 모험, 그리고 염세주의

황인숙 찾아보니까 고종석의 첫 책『기자들』, 1판 1쇄를 1993년 12월 5일에 펴냈네. 그때 책 받고 고맙다는 인사를 못 했는데, 고마워! 25년 전이니까 34세였나? 그때도 이미 나이를 먹을 만큼 먹었다고 생각했는데, 참 젊었군! 〈한겨레신문〉의 고종석이 장편소설을 낸다는 소문을 듣고 놀랐었지. 기자도 글을 쓰는 직업이니까 그리 별스런 일도 아니었는데, 특별하게 느껴졌어. 기자가 소설 창작을!? 기대 이상으로 재밌게 읽었어. 소설 배경이 유럽인 것도 신선했고, 당시의 유럽 정세도 자연스레 녹아 있었고, 여러 나라의 기자들 면모도 흥미로웠고, 기자라는 직업에 대한 사랑과 연대감이 끈끈하게 서려 있는 참으로 젊은 소설이지. 그때 즉흥적으로 한 권 써본 거였어, 아니면 계속 소설을 쓸 생각이었어?

고종석 그땐 내가 소설을 계속 쓸 거라는 생각이 없었어. 다만, 그 소설의 배경이 '유럽의 기자들'이라는 저널리즘 프로그램인데, 내가 거기에 참가했잖아. 그 경험을 반쯤 허구로라도 기록해 놓고 싶었어. 내겐 여러 의미에서 뜻깊은 경험이었으니까. 물론 즉흥적으로 쓴 거지. 그해 여름휴가 일주일간 컴퓨터 자판과 내 손가락에서 불이 날만큼(웃음) 허겁지겁 쳐낸 거야. 내 버릇 중의 하나는 내 책이 나온 뒤 절대 안 읽어본다는 거야. 오자 탈자 발견되는 게 신경 쓰이기도 하고, 무엇보다도 '내가 이런 허접한 글을 썼구나.' 하는 자격지심으로 얼굴이 벌게질 테니까. 그래서 내 다른 책들을 읽어보지 않았듯 『기자들』도 책이 나온 뒤 읽어보질 않았어. 그런데 그 책이 민음사에선 인찌이 절판이 됐고, 몇 년 전에 새움출판사에서 내용을 좀 손 보고 제목을 『파리의 기자들』로 바꿔 개정판을 내자는 제의를 해 거기 응했어. 그래서 책이 처음 나온 지 한 20년만에 그 책을 처음 읽게 됐지. 그런데 읽다 보니 되게 재밌는 거야. '누가 이런 우아하고 화사하며 지적인 소설을 썼지?' 하면서 읽었어.(웃음) 파리에서 연수받을 때의 기억이, 그 동료들이나 취재원들과의 기억이 내 가슴을 울렁거리게 했고. 파리만이 아니라, 그때 연수받으며 취재차 들른 모든 도시들의 기억이 나를 잠시 행복하게 했어. 물론 그때는 소설가가 되겠다는 생각은 없었어. 그 책이 민음사에서 나왔는데, 당시 영준이가 민음사 주간이었어. 내가 영준이[14]한테 본명으로 낼까 필명을 만들까 물어봤더니, 소설을 계속 쓸 생각이 아니라면 본명을 쓰는 게 낫겠다고 하더군. 그래서 본명으로 낸 거야.

황인숙 음… 그런데, 그러나, 계속 썼지. 필명은 뭐라 할 셈이었어?

고종석 그건 신기하게 기억이 나네. 이진우. 흔한 이름이지, 별뜻도 없고. 그런데 진우라는 이름이 막연히 좋았어.

황인숙 오, 진우!(웃음) 흠, 여러 진우가 생각나네. 그래도 본명에서 초성 지읒 하나는 남겨 놨구나.

비 지겹게 온다! 내 입에서 비를 지겹다 할 날이 올 줄이야. 비 엄청 좋아했거든. 더욱이 여름비에는 환장을 했는데. 비

14 이영준. 경희대 후마니타스 칼리지 교수

좋아해? 어떤 날씨 좋아해?

고종석 비도 좋아하고 눈도 좋아하지. 내가 센티멘털한 성격이어서 그럴 거야. 이놈의 센티멘털리즘 때문에 인생 망가졌지만.(웃음) 아무튼 비가 오거나 눈이 오는 날엔 꼭 술을 마셨지. 눈비가 안 온다고 안 마셨던 건 아니지만.(웃음) 작년에 뇌출혈 겪은 뒤엔 못 마시고 있지만.

1980년 음력 7월7일, 칠석날엔 비가 엄청 왔는데, 내가 그 날 명동에서 어떤 여자에게 청혼을 했지. 그 여자는 청혼을 받아들였고. 그 뒤 애 낳고 키우며, 지지고 볶으면서 40년 가까이를 가장 가까운 사람으로 함께 살았어.

비 얘기 하니까 〈레인맨〉이라는 영화가 생각나네. 더스틴 호프만과 톰 크루즈가 주연을 맡았던. 내가 참 좋아하는 영화야. 더스틴 호프만이 분했던 레이먼드가 자폐증 환자로 나오잖아. 그렇지만 확률 계산에선 천재여서 도박장에서 큰돈을 벌지. 너도 그 영화 봤지?

황인숙 응. 정확하게는 서번트 증후군. 자폐증인데 어떤 분야에 천재적으로 특별한 능력이 있는 거지.

고종석 맞아. 서번트 증후군. 너는 잡다한 걸 참 잘 안다.

황인숙 근래에 읽은 『위험한 비너스』가 서번트 증후군을 다룬 추리소설이거든.

고종석 많이도 읽는다. 골고루도 읽고.

황인숙 잡식성이지. 책도 음식도 편식 없음. 너는 먹는 데도 개척정신이 없지. 고양이처럼. 고양이들 먹는 거 보면 엄청 보수주의자야. 배곯고 있는 고양이 빼고는 거의. 먹던 것만 먹고, 맛있게 먹은 적 있는 것만 잘 먹어.

고종석 인정해. 내가 고가라서 고양이 님들이랑 닮은 모양이 군(웃음). 나는 책과 관련해서도 그렇지만 음식에서 정말 개척정신이 없지. 달리 말해 내 혀가 되게 보수적이야. 프랑스에 살 때, 베트남을 비롯해 동남아 음식점들이 많았는데 베트남 식당에서 '포'라는 국수 한번 먹어보고 나는 동남아시아랑 바이바이했어. 동남아시아 음식이 품고 있는 특유한 향이 싫었어. 음식들도 이사를 가면 현지화를 할 텐데, 그러니까 어느 정도는 유럽화된 음식일 텐데도 그랬어. 동남아 식당들은 이제 서울에도 많지만 난 절대 안 가지. 그 집들도 자기들 음식을 어느 정도 한국화했을 텐데. 그냥 내 입에 맞는 음식은 한중일 세 나라 음식과 서양 음식인 것 같아. 진석이는 먹는 거에 개척정신이 충만한데.(웃음) '타르타르 스테이크'라는 게 있는데, 익히지 않은 쇠고기 스테이크야. 나는 파리의 어느 레스토랑에서 뭣도 모르고 그걸 주문했다가 비위에 안 맞아 거의 다 남긴 적이 있지. 그런데 그 뒤 언젠가 역시 파리의 한 레스토랑에서 내가 진석이한테 그 얘기를 하면서 타르타르 스테이크도 먹을 수 있냐고 물었더니 두말없이 시키더군. 그리고 맛있게 먹는 거야. 속으로 놀랐어.(웃음)

황인숙 진석이는 모든 분야에 모험심이 있지. 먹는 것, 읽는 것만이 아니라, 취미도 다채로워. 카지노도 좋아하고, 영화도 음악도 즐기지. 정치, 시사에도 열렬하고, 우리 중 가장 비비드하게 삶에 몸담고 있네. 걔가 철학자이기도 하다는 걸 깜빡 잊게 돼. 스키도 타고 스케이트도 타고 수영도 하고 오토바이도 타고. 오토바이 타는 사람들은 '오토바이'라 하면 질색하더라. '모터사이클'인지 '바이크'라고 부르더라고, 바이크도 타고. 넌 그 중 하나도 할 줄 모르지?

고종석 수영은 할 수 있지. 해본 지가 오래되긴 했지만. 수영이나 자전거타기 같은 건 오래 안 하더라도 몸이 잊어버리진 않을 걸. 그래 맞아. 진석이는 만사에 흥미가 있지. 그게 그 친구 장점이기도 하고.

아무튼 너는 비가 오면 길고양이들 밥 주기가 더 힘들어져서 비를 이젠 좋아하지 않겠구나. 눈도 그렇고.

황인숙 응. 눈은 좀 나아. 말 나온 김에 기분 전환도 할 겸 좋아하는 것들 좀 들어보자. 특별히 좋아하는 빛깔이 있어?

고종석 이걸 빛깔이라고 말할 수 있을까? 차라리 빛깔'들'인데, 나는 무지갯빛을 좋아해.

황인숙 오!? 그건 뜻밖의 대답이네. 무지갯빛이라는 건 단색이 아니잖아. 무슨 색 옷 좋아하냐고 물었다가 색동옷이라는 대답 들은 느낌이네. 나는 네가 녹색이나 파랑이라고 말할 줄 알았어. 그런 계통 옷 입은 걸 주로 본 것 같은데. 지금은 회색 티셔츠네. 하긴 언젠가 보랏빛 티셔츠도 입었었지? 무지갯빛 옷이나 뭐 다른 물건 갖고 있는 거 있어? 왜 무지갯빛을 좋아해? 그 빛깔을 떠올리면 어떤 기분이야? 뭐가 연상

돼? 아니, 진짜 무지개를 좋아한다는 건가? 무지개야말로 리얼 무지갯빛일 테니.

고종석 우선, 나는 내가 입는 티셔츠 빛깔에 전혀 신경을 쓰지 않는다는 걸 말해둬야겠어.(웃음) 너무 일찍 외모를 포기해서 그래. 머리카락만 풍성하다면 나도 옷매무새에 신경을 좀 썼을 텐데.(웃음) 아무튼 가난한 머리털에는 어떤 빛깔의 티셔츠를 입어도 희극적으로 보이지. 비극적인가?(웃음)

내가 비온 뒤의 무지개 자체를 워낙 좋아하기도 하지만, 무지개는 희망과 사랑의 은유로 흔히 쓰이잖아. 아까 말한 〈오버 더 레인보우〉라는 노래에서처럼 무지개 너머가 더 황홀할 수도 있지만. 무지개의 그런 은유가 내 무지갯빛 선호에 영향을 끼쳤을 거야.

16세기에 급진주의자 토마스 뮌처가 '고루 잘 사는 세상'을 무지개 깃발로 표현한 이래, 이 색동 깃발은 인류의 아름다운 이상과 함께 펄럭였지. 너도 알다시피 나는 내가 속한 종, 그러니까 호모 사피엔스 사피엔스를 그리 좋아하진 않지만, 이 비천한 존재들이 품는 이상까지를 포기할 수는 없지. 무지개 깃발은 미국과 영국이 이라크를 침공했던 2002년에는 유럽각국에서 평화를 상징했고, 또 이미 지난 세기 중반부터 동성애를, 그러니까 개개인의 성적 취향을 상징했잖아. 또 '레인보우 워리어Rainbow Warrior'라는 배 이름이 드러내 듯 환경주의자들에게는 생태주의를 상징하기도 하고. 어쩌면 이 모든 게 내 허영심에 뿌리를 두고 있는지도 모르지만.

황인숙 허영심 아니야. 너는 염세적 이상주의자? 이 말은 좀 이상하다. 염세주의자면서 이상주의자지. 무지개 깃발이라는 게 있구나. 과연 너는 유심론자야. 상징하는 바에 감각이 따르는구나. 한글을 처음 읽은 건 몇 살 때야?

고종석 아마 만 다섯 살? 학교에 들어가기 꽤 전이었지. 아버지한테 한글을 배웠는데, 자음글자와 모음글자가 합쳐져서 소리를 그린다는 게 참 신기하더군. 글자라는 건 말하자면 소리를 그린 거 아냐? 아버지는 평생을 고등학교 국어교사로 일하셨어. 폭력 남편이고 폭력 아버지였으니, 분명히 폭력교사였을 거야. 그런데도 요즘까지 스승의 날이 되면 제자들이 찾아오곤 하는 게 신기해. 아버지한테 한글 배우면서도 몇 대 쥐어 터졌던 게 기억나. 다섯 살짜리 꼬마고 자기 아들이라고 해도, 맘에 안 차면 손부터 올라가는 사람이거든. 아, 지금은 아니지. 너무 약해지셨지. 너도 알다시피 난 부모님이

구존해 계신데, 학대받고 자란 기억이 있어서 두 사람 다 싫어해. 지금은 약해져서 내 눈치를 보곤 하시는 걸 보면, 애잔한 마음이 들기에 앞서 경멸감이 솟아나. 그래도 아파트 같은 동에 사시니 가끔 가서 앉아 있다 오긴 하지. 아까 말했듯 칠월칠석날의 그 여자는 요즘도 매일 아침저녁으로 두 분을 찾아뵙고.

대선 우울증과
반사실적 추론

황인숙 참 못됐다, 부모님한테.(웃음) 나는 한글을 초등학교 입학해서 익혔는데, 어느 날 문득 집에 굴러다니던 동시집을 띄엄띄엄 읽은 기억이 난다. 뒤에 생각해 보니 초등학생들이 쓴 동시 모음집이었어. 무슨 글짓기대회 수상작품 모음집이 아니었나 싶네. 아주 초보적인 동시였는데, 진지하게 경탄하면서 읽었지. 뭔가 시시하고 싱거운 듯해서 가슴 깊은 곳에서는 살짝 실망스러웠지만, 활자화의 위의를 입은 동시에 경탄하고, 그걸 읽어내고 있는 스스로에게도 경탄했어. 너는 맨 처음 읽은 책이 뭐였어?

고종석 너는 어려서부터 시인이 될 운명이었군.(웃음) 맨 처음 읽은 책이 뭐였는지는 정확히 기억이 안 나네. 이건 물론 뇌출혈 탓이 아니겠지만.(웃음) 아마 《소년세계》나 《새소년》 같은 어린이 잡지였을 거야. 《어깨동무》는 내가 초등학교에 들어간 뒤에야 나오기 시작했던 것 같고. 《소년세계》랑 《새소년》을 지금 돌이켜 보면, 유년기의 가슴이 요동치는 걸 느껴. 그 잡지들을 읽는 건 그 시절 최고의 쾌락이었지.

황인숙 오, 《소년세계》, 《새소년》… 반세기 전으로 우리 세대를 돌아가게 하는 이름들이군. 3학년 때던가, 4학년 때던가 언니 심부름으로 이웃 동네에 있는 쌀가게에 갔는데 언니 친구네였어. 가겟방에 낡은 《소년세계》가 열 권 가까이 쌓여 있는 거야. 언니 친구가 다 빌려가도 된다고 해서, '이런 통 큰 사람이 언니 친구구나.' 감동하면서 다 챙겨 오느라 낑낑거렸지. 《어깨동무》는 빠닥빠닥한 종이에 하부가 하려했는데, 伊난히 재미없어 하며 읽던 기억이 나. 내 취향이 아니었나 봐.

고종석 나도 《어깨동무》 취향은 아니었어. 《소년세계》랑 《새소년》이 학교 앞에서 파는 불량식품 같은 거였다면 《어깨동무》는 한식집의 불고기백반 같은 거였지. 《어깨동무》는 만화도 적었고, 굳이 말하자면 우량 만화였어. 사람에 비유하자면 문프 같달까?

황인숙 문프가 뭐야?

고종석 프레지던트 문. 문재인 대통령.

황인숙 칭찬하는 말은 아닌 거 같군. 그런데 어린애한테도 불고기백반은 맛있잖아? 음, 차라리, 가령 평양냉면 아닐까? 어려서 아버지랑 남자 친척들이랑 식당에 가 앉았는데, 내 몫으로 냉면 한 그릇 시켜주고는 아무도 챙겨 보지 않았던 기억이 있어. 지금 같으면 겨자랑 식초 쳐서 맛있게 먹었을 텐데, 어찌나 밍밍하고 지루한 맛이던지, 두어 오라기 입에 넣고 다 남겼어. 내가 맛없어서 남긴 드문 음식이지. 그런데 문프 얘기 하다니 아직도 대선 우울증을 앓고 있어?

고종석 대선 우울증은 무슨? 그렇지만 대선 당일 저녁엔 엄청 우울했지. 나는 안철수 씨를 찍었으니까. 일종의 실망감 같은 건 지금까지 남아 있어. 그렇지만 대선 한 달쯤 지난 뒤로는 문재인 대통령에게 적응이 됐어, 좋은 의미든 나쁜 의미든.

후보였을 때보다는 나은 사람이었음이 드러났고. 이명박, 박근혜 치하도 견뎠는데 누굴 못 견디겠어? 게다가 우리 성장기와 20대를 압수해 버렸던 군인 독재자들에 비하면 훨씬 나은 사람이지.

황인숙 안철수 씨가 집권했으면 한국 사회가 지금과 달라졌을까?

고종석 그런 반사실적 추론은 원래 부질없는 짓이지. 그렇지만 굳이 해보자면, 정부를 꾸리는 사람들은 달라졌겠지. 총리에서부터 장차관까지. 청와대에서 일하는 사람도 달라졌을 거고. 그리고 자잘한 벼슬자리들을 차지하고 있는 사람들의 얼굴도 달라졌겠지. 내가 머릿속에서 짜놓은 그림자 내각의 멤버가 안철수 정부에 들어갔을 수도 있겠지. 지금 정부든 가상의 안철수 정부든 그런 공인들과 내가 친분이 있을 리야 없겠지만, 안철수 정부 사람들에게 좀 덜 스트레스를 받았을 거라는 생각은 해. 과거 안철수 씨 주변 사람들에 대한 내 평가가문재인 씨 주변 사람들에 대한 내 평가보다 낮다는 뜻이겠지.

그러나 누가 알겠어? 안철수 씨가 내게 더 실망을 안겨줬을지도 모르지. 그랬을 개연성은 충분해. 대선 이후에 안철수 씨의 이해할 수 없는 행보를 보면. 또, 다른 건 제쳐두고라도 두 사람 다 내가 주장하는 독일식 내각책임제에는 반대하는 사람들이잖아. 대통령이 되고 싶은 사람들이지. 한 사람은 이미 대통령이 됐고. 한 사람은 정치에 입문할 때부터 영남 패권주의자임을 거리낌 없이 드러냈고, 또 한 사람은 대선 후에 영남 찌꺼기 정당과 합당함으로써 영남 패권주의자로 변해가는 중이고. 나는 독일식 내각책임제를 하지 않는 한 한국 민주주의가 크게 나아갈 거라고 생각하지 않아. 이 증오의 정치도 끝나지 않을 거고. 영남 패권주의도 독일식 내각책임제 아래서만 해소될 수 있다고 생각해.

황인숙 그래서 「기어가는 혁명을 위하여」라는 팸플릿을 쓴 거잖아?

고종석 응. 그거보다 더 민망한 건 아까 말했듯 그 팸플릿을 발판으로 삼아서, 다시 말해 내각책임제 개헌을 공약으로 삼아서 대통령 선거에 출마까지 하려고 했다는 점이야. 그건 정말 망상이었어. 내게 몇 백억이 있다고 하더라도 무소속으로 출마해서 당선될 가능성은 없었는데 백수로서 그런 꿈을 꿨다니. 그렇지만 그때는 공탁금만 내고 선거운동을 하지 않는 한이 있더라도 출마는 하고 싶었어. 독일식 내각책임제를 선전하기 위해서. 또 최소한 유력 후보들 가운데 한 사람쯤은 독일식 내각책임제를 받아주기 바랐지. 그러니까 나는 내가 출마하기만 하면 유력 후보가 될 거라는 망상도 지니고 있었던 셈이지.(웃음)

황인숙 왜 대통령중심제가 아니라 내각책임제여야 하지? 더구나 한국의 일반유권자들에게 내각책임제라는 건 크게 호응을 못 받고 있잖아. 물론 잘 알지 못할 체제로 변화하는 것에 대한 거부감이랄지 불안 때문이겠지만. 물론 그래서 「기어가는 혁명을 위하여」를 쓴 거고.

고종석 물론이지. 한국 유권자들이 내각책임제에 대해 막연한 불안감을 갖고 있는 건 내각책임제를 다 하나로 묶어 생각해서 그래. 그런데 대통령중심제가 죄다 똑같지 않듯, 내각책임제도 여러 가지거든. 한국의 대통령중심제와 미국의 대통령중심제는 사실상 거의 다른 체제야. 내가 선호하는 독일식 내각책임제와 정치권의 일부에서 선호하는 일본식 내각책임제가 사실상 거의 다른 체제이듯. 국회의원이 장관을 겸직할 수 있다는 점에서 한국의 대통령중심제에는 내각책임제적 요소도 있긴 하지.

내 생각에 내각책임제에 대한 유권자들의 불안 밑바닥에는 제2공화국 때의 혼란스러운 정국에 대한 체험이나 추체험도 있는 것 같아. 또 군사정권이든 민간정권이든 유력한 정치인들이 대통령중심제를 선호한 탓도 있지. 그들은 제왕적 대통령이 되길 바랐으니까. 그러면서 내각책임제를 비난했지. 이건 박정희나 전두환 같은 군사독재자들만이 아니라 두 김 씨를 거쳐 문재인 씨나 안철수 씨도 마찬가지라고 생각해. 심지어 대통령이 될 가능성이 거의 없는 야심가들도 대통령중심제를 선호하지. 그렇지만 권력이 적절히 분배되지 않으면 한국 정치는 늘 싸움판이 되고 말 거야. 내가 내각책임제 앞에 꼭 '독일식'이라거나 '한국형'이라는 말을 붙인 건 그것이 일본이나 몇몇 민주주의 후진국의 내각책임제와는 다르다는 걸 강조하기 위한 것이었어.

황인숙 어떻게 다른데? 나는 2500원 주고 「기어가는 혁명을 위하여」를 사 봐서 대략 알겠는데(웃음), 그 팸플릿을 듣도 보도 못한 사람이라 치고 말해줘.

고종석 요컨대 공정한 선거제도지. 그러니까 그건 헌법체제가 대통령중심제냐 내각책임제냐의 문제가 아니야. 독일식 내각책임제는 목표가 아니라 자연스러운 귀결일 뿐이야. 나는 개헌 이전에 우선 공직선거법부터 개정해야 한다고 생각해. 특히 국회의원 선거 방식을. 간단히 말하자면 국회의원 정원을 지금의 두 배 가까이 늘리고, 그 가운데 반은 비례대표의원이어야 해. 그러니까 정치에 막 입문했을 때 국회의원 수를 줄이자고 말한 안철수 씨는 그때 정치의 ABC도 몰랐던 거지. 흔히 독일식 선거를 정당명부제라 부르고 그쪽으로 가야 한다는 사람들이 있는데, 이것처럼 멍청한 소리도 없어. 정당명부제는 이미 우리도 하고 있거든. 각 당에서 비례대표 후보의 명부를 만들고 정당득표율에 따라 당선자 수가 정해지지. 비록 비례대표의 수가 너무 적긴 하지만. 그러니까 그건 하나마나 한 소리고, 독일과 우리의 다른 점을 지적해야지.

독일과 한국의 큰 차이는, 한국의 경우 정당득표율이 비례대표의원 수만을 결정하는 데 비해, 독일의 경우는 정당득표율이 국회의원 전체 수를 결정한다는 거지. 다시 말해 비례대표의원만이 아니라 지역구의원 수까지 결정한다는 거지. 한국식을 '병립형 비례대표제'라고 부르고 독일식을 '연동형 비례대표제'라고 불러. 너도 「기어가는 혁명을 위하여」를 읽어

봤을 테니 길게 설명은 안 하겠지만, 연동형 비례대표제에서는 정당투표가, 다시 말해서 민심이 고스란히 선거결과에 반영돼서, 지금처럼 작은 정당들이 입고 있는 불합리한 손해가 없어지지. 그러면 자연스럽게 다당제가 되는 거야.

그런데 한국에는 연동형 비례대표제를 주장하면서도 동시에 대통령중심제를 주장하는 사람들이 있어. 사실 대부분이 그렇지. 그것도 법률가들이나 정치학자들까지 그러니 어이가 없는 노릇이지. 연동형 비례대표제가 채택돼 다당제가 이뤄진다면, 전후 독일에서처럼 과반정당이 나오기가 거의 어려워. 그런데 대통령중심제에서 과반정당이 나오기가 거의 어렵다는 건 여소야대가 항상적이라는 뜻이거든. 그러면 정국이 늘 삐그덕거릴 거야. 정정이 늘 불안하다는 거지. 그러니까 연동형 비례대표제의 논리적 귀결은 내각책임제일 수밖에 없어. 그렇게 되면 큰 정당들끼리 대연정을 하든지, 큰 정당과 작은 정당이, 또는 작은 정당들끼리 소연정을 하든지 해서 과반 의석으로 정부를 이끌어가는 거지. 독일이 그래왔듯. 이걸 납득시키기가 그렇게도 어렵더구먼.

황인숙 국민이 원하지 않는다고 판단되면, 정치인들이 그 방향으로 나아가는 건 어렵지. 그럼 할 일이 남았네. 내각책임제 개헌운동을 하는 것 말이야.

고종석 그게 불가능한 건 아니지만, 내가 국회의원이거나 그게 아니래도 직업 정치인이라면 훨씬 더 효율적으로 할 수 있겠지. 지금 같은 백수 처지에서 할 수 있는 일이 있을까 싶어. 게다가 이번 대선 과정을 두고 정치라는 것에 정나미가 뚝 떨어져 버렸어. 내가 편견을 버리고 문재인 캠프를 객관적으로 보려고 해도, 아주 더러운 선거운동을 했다는 판단을 피할 수가 없네. 안철수 씨와 그 가족들에 대한 거짓말 뉴스도 그렇고, 문재인 씨가 '양념'이라고 표현한, 지지자들의 인터넷 선동활동을 보고 질려버렸어. 예컨대 문재인 씨한테 개를 분양받았다는 한 지지자는 안철수 씨를 지지하던 임경선[15] 씨한테 끔찍한 일을 저질렀잖아. 근자에 문제가 되고 있는 소위 드루킹 스캔들[16]이 어떻게 마무리될지도 모르고. 게다가 문재인 씨에 대한 문인들의 집단적 지지 선언.

---

15 임경선, 작가
16 친노, 친문 파워블로거이자 경제적공진화모임(경공모) 대표 김동원(필명:드루킹)을 비롯한 경공모 회원이자 더불어민주당 권리당원들이 인터넷에서 각종 여론조작을 했다는 혐의 및 의혹이 불거진 사건.

문학의 윤리와
정치 참여

황인숙 다른 건 그렇다 치고 문인들의 지지선언은 왜? 문인은 정치적 지지를 선언하면 안 되나?

고종석 나는 그 문인들이 소위 문재인 대세론에 올라타서 기회주의적 행태를 저지른 거라고 생각해. 문재인 씨가 당선될 확률이 아주 높은 시점에서 그 사람을 지지한다고 선언하는 게 무슨 의미가 있어? 홍준표 씨가 집권할 가능성은 제로였는데. 차라리 심상정 씨에 대한 지지선언이라면 그나마 이해할 수 있겠지만. 이건 지난 대선에서 내가 안철수 씨를 지지해서 갖게 된 생각은 아니야. 나는 그 사람들이 안철수 씨를 집단적으로 지지했어도 마찬가지로 잘못된 일이었다고 비판했을 거야. 아무튼 그 사람들은 파시즘이 도래할까 봐 문재인 씨를 지지했다고도 말하는데, 나는 문재인 정권이야말로 파시즘의 문을 열어젖히는 게 아닌가 의심스러워. 소위 '문위병'이라고 불리는 문재인 씨의 열혈 지지 집단은 중국 문화대혁명 때 홍위병들이 했던 짓을 되풀이하고 있거든. 그게 아직 물리적 폭력에까지 이르지는 않았지만, 소셜서비스를 비롯해 인터넷 공간에서 저지르고 있는 짓은 딱 홍위병의 그 것이지. 중국 문화혁명이라는 게 결국 좌익 파시즘 아니니? 사실 '문위병'이란 말을 내가 만들었으니 이건 공정한 설명이 아니구나(웃음).

그렇지만 나는 문인들의 그 문재인 지지선언문을 일종의, 정말 외설스러운 포르노그래피라고 여겨. 뭐, 나는 문인들 또는 문학을 별거 아니라고 생각하는 터라 그 사람들이 다른 직업군의 사람들에 견줘 특별히 윤리적이어야 할 의무는 없다고 생각해. 그렇지만 그래도 이 세상 직업 가운데 문학이라는 건 혼자 세계와 마주보고 자신을 성찰하는 일인데, 떼로 휘젓고 다니는 걸 보니 어처구니가 없더군. 더구나 그 지지운동은 명백히 엽관제도와 관련 있었고. 대선 날 문재인 씨의 승리가 확정됐을 즈음, 시인 A씨가 트위터에 "문재인의 나라가 왔다."라고 썼는데, 정말 역겨웠어. 좀 상스러운 표현을 쓰자면, 한국 문학의 밑구멍을 본 것 같았지. 자신을 왕조시대의 신민으로 여기지 않는다면 어떻게 그런 말이 나왔겠어. 아무튼 이번 대선을 통해서 그 사람들의 끝을 봤다고나 할까, 실망하게 된 사람들이 많아. 물론 그 사람들 처지에서는 내가 그렇게 보였겠지. 정작 문재인 씨는 아까 말했듯 대통령에 당선된 이후에 후보 시절보다는 나아 보이더군. 식언을 하는 횟수도 줄었고. 아무튼 현실정치에 대해서는 이제 관심을 끊으려고. 트위터나 페이스북도 끊고.

황인숙 트위터나 페이스북을 끊겠다고 결심한 건 좋은 일이야. 너무 소모적이잖아?

고종석 그렇지. 나는 또 뭔갈 시작하면 절제할 줄을 몰라. 당분간 세상일에서 관심을 놓고 싶어. 그러자면 신문이나 텔레비전 뉴스도 안 봐야겠지. 사실 집에서 〈한겨레〉랑 〈경향신문〉, 《시사인》을 받아보고는 있지만 읽는 일은 거의 없어.

〈경향신문〉 얘기 하고 보니까 또 분노와 굴욕감이 솟네 그려. 거기다가 K까지 연상되는군. 아, 그러고 보니 한 이태 전에 경향신문사 근처에서 우연히 K를 본 적이 있어. 사실 그 친구랑은 대학 다닐 때부터 아는 사이야, 나이와 학번은 나보다 아래지만. 지금 경향 논설주간으로 있는 이대근 씨랑 점심 먹고 나오는 듯했어. 어색하게 두 사람한테 수인사를 한 다음에 K한테 좀 모진 소리를 하고 헤어졌지. 세상 돌아가는 눈치 보며 여기 붙었다 저기 붙었다 하지 말라고 좀 모질게 말했던 것 같아. 실제로 그 친구가 정치 지형을 보며 여기 저기 기웃거리니까. 나는 이대근 씨 글을 참 좋아하고 그 사람을 한국 사회의 귀한 지식인으로 여기는데 어떻게 K 같은 가짜와 찰떡궁합이 됐는지. 뭐, 찰떡궁합인지 아닌지는 나도 모르지만. 아이구, 〈경향신문〉 얘기 그만하자.

손석희 씨가 문재인 지지로 완전히 돌아서기 전까지 《JTBC 뉴스룸》은 더러 보곤 했는데, 이젠 그럴 일도 없고. 소셜서비스로 세상 돌아가는 걸 파악해 왔는데 앞으론 그냥 모르고 살려고. 나는 사실 이번 대선의 가장 큰 패배자가 손석희 씨라고 생각해. 수십 년 동안 어렵사리 쌓아올린 '공정성'이라는 상징 재산을 어떻게 한 순간에 문재인 씨에게 갖다 바쳐 버렸는지 이해할 수가 없어. 속으로 안철수가 아무리 밉고 문재인이 아무리 좋아도 그렇지. 암튼 지난 대선에서 손석희 씨는 공정한 언론인이 아니었어.

황인숙 그 사람이 안철수 씨를 미워하나? 난 티비를 안 보니까 몰랐는데, 소문 듣고 믿기지 않아서 인터넷 검색해 봤지. 보면서도 믿기지 않더구만. 어떻게든 손석희 씨를 이해해 보려고, 전적으로 그의 편이 돼서 봤는데 여지가 없었어. 세상에, 손석희 씨가 저럴 수가! 정말 비통할 정도로 실망스러웠어. 영혼이 다친 기분? 노무현 전 대통령한테 실망했을 때보다 훨씬 더했지. 노무현 대통령은 정치인이니까 뭐. 하지만 손석희 씨는 그러면 안 되는 거잖아. 내가 퍽 현실적 인간인데, 손석희 씨를 올곧은 언론인으로서 너무 이상화했었나 봐. 아, 그는 믿음을 저버렸어.

고종석 응, 나도 처음엔 '아니 저 사람이 왜 저러지?' 하고 의아해했을 정도니까. 그런데도 문재인 씨의 열혈 지지자들, 내 용어로는 문위병들도 손석희 씨한테 실망했다면서 JTBC를 비판해. 이 사람들 생각으로는 손석희 씨가 안철수 씨를 편들었다는 거지. 뭐, 〈한겨레〉야 박근혜 정권 내내 문재인 편이었으니 굳이 말할 것도 없고.

황인숙 그이들이야 뭐, 몰려 행세하니까 힘은 무시하지 못하겠지만, 무슨 생각으로 움직이는지는 궁금하지도 않아. 따라서 열광하든 실망하든 내게는 아무 무게 없어. 나도 집에서 〈한겨레〉 신문이랑 〈경향신문〉이랑 《시사인》을 받아보는데, 〈경향신문〉도 문재인 씨에게 치우쳐 있다는 느낌을 받았어.

고종석 〈경향신문〉도 그랬던 건 사실이지만, 〈한겨레〉처럼 노골적이지는 않았지. 〈한겨레〉가 한때 내 직장이었다는 게 창피할 정도였어. 그런데도 문재인 씨의 열정적 지지자들은 〈한겨레〉가 안철수 편이라고 아우성쳤지. 기가 막히더구먼. 지금 청와대 대변인을 하고 있는 김의겸 씨의 노골적인 친문 칼럼이나 권범철 화백의 안철수 씨를 모멸하는 만평들을 보고도 어떻게 그런 판단을 할 수 있었을까? 이번 대선은 진보 언론, 내지 자유주의 언론의 무덤이었다고도 할 만하다는 게 내 생각이야. 그리고 대선 뒤에도 문재인 씨 지지자들이 정작 조중동문은 놔두고 한경오프를 공격 대상으로 삼고 있는 것이 이 언론매체들에 좋은 일은 아니지. 조중동문이야 문재인 씨 지지자들의 절독 운동에 거의 영향 받지 않을 거라는 걸 그 사람들도 잘 알지. 이 정권 내내 문재인 지지자들의 양념은 문 정권에 불복종적인 언론이나 알려진 개인들 가운데서도 리버럴하거나 좌파적 입장을 가진 대상을 향해 투척될 거야.

특히 〈한겨레〉는 이제 멍텅구리가 된 것 같아. 조중동문이 문재인을 비판해도, 북한의 〈로동신문〉이 문재인을 비판해도 문위병들은 침묵하지. 그렇지만 〈한겨레〉가 문재인에 대해 한마디 하면, 유시민 씨 등이 선동을 해서 절독 운동이라는 걸 벌이지. 그러면 〈한겨레〉는 사과 모드로 돌아서고. 〈한겨레〉는 창간 이래 대통령 부인을 씨로 호칭해 왔는데, 문위병들의 비난에 굴복해 문재인 씨 부인 김정숙 씨부턴 이제 여사라고 부르고 있잖아. 전두환 부인 이순자도 여사가 돼버린 셈이지. 〈한겨레〉가 멍텅구리인지 문위병들이 멍텅구리인지 모르겠어.

황인숙 그들이 지향하는 게 뭘까? 뭘 얻고자 그러는 거지? 하긴 거대한 무리의 움직임에 무슨 의지나 정신이 있겠어. 훌리건이 떠오르네. 한 가지 물어 보자. 문재인 정부가 집권하고 일성으로 내건 적폐청산에서 적폐의 문제를 어떻게 보니?

고종석 적폐는 분명히 존재해 왔고, 적폐청산은 문재인 정권이 제일 잘하고 있는 분야. 그렇지만 양승태 사법부와 기무사 등을 제외하면 공정성과는 약간 거리가 있는 듯해. 민주당이 차기에 다시 집권하지 않으면 현 정권의 핵심 인사들이 감옥살이를 하게 될걸. 정치의 한 부분은 복수니까.

지적 유희와 고종석의 책들

황인숙 그래, 대선 얘기는 이쯤 하고 너에 대해 물어볼게. 흔히 사람들은 너를 신문기자, 물론 전직이지만 소설가, 그리고 언어학자라고 부르는데, 네가 생각하는 네 정체성에 가장 가까운 건 뭐야?

고종석 언어학자라는 건 과분한 칭호고 그냥 한때 언어학도였을 뿐이지. 학부 땐 법학과에 적을 두었는데, 석박사 과정에서 언어학과 학생이었을 뿐이야. 그러고 보면 신문기자나 소설가 역시 마찬가지네. 지금은 글을 안 쓰고 있으니까. 글쎄, 돌이켜 보니까 나는 항상 가장자리에 있었던 것 같아. 문단 언저리에, 학계 언저리에, 그리고 언론계 언저리에. 그렇지만 굳이 그 중 하나를 고른다면 '저널리스트'라는 말이 제일 어울리겠지. 스물다섯 살 때부터 쉰 넘어서까지 언론사 밥을 먹었으니.

그렇지만 언어학이나 소설에 발을 들여놓은 것이 그렇게 후회스럽지는 않아. 그리고 거기서 내가 아무 것도 이루지 못했다고 짐짓 겸손을 떨지는 않겠어. 겸손을 떨 만큼 내가 위대한 사람도 아니고, 그렇지만 이 분야에서 내가 난생이는 아니었다고 생각해. 아, '난쟁이'라는 말을 쓰니 왜소증을 앓고 있는 분들께 죄송하군.―죄송합니다! 그래도 한 번만 더 쓰겠습니다.―나는 난쟁이는 아니야. 언어학에서는 『감염된 언어』라는 책을 냈고, 소설에서는 『독고준』이라는 장편을 냈으니까. 『감염된 언어』가 정녕 가치 없는 책이라면 영어와 태국어로 번역 출판되지도 않았겠지. 물론 번역 출판 여부가 어떤 책의 가치를 정한다고는 할 수 없지만. 『독고준』 역시 번역원에서 일부를 번역해 출판사를 찾는 중이고. 신문기자로서는 『자유의 무늬』라는 칼럼집을 냈고.

이젠 절판됐지만 내가 낸 칼럼집 가운데 제일 마음에 드는 건 『자유의 무늬』야. 『독고준』은 황감하게도 그 소설을 무려 제임스 조이스의 『율리시즈』에 견준 김윤식 선생님 말고는 평가해 주는 평론가들이 거의 없었지만, 내가 가장 아끼는 소설이야. 명인이[17]가 낸 책을 읽다 보니까 그 소설을 에세이풍이라며 타박했던데 나는 에세이풍이라는 게 소설의 약점이라고 생각하지 않아. 소설은 세상만사를 온갖 형식에 담을 수 있는 자유로운 장르니까. 사실 나는 소설가로서 내가 지녔던 꿈을 거의 다 이루었다고 할 수 있어. 나는 아주 관념적인 소설을 하나 쓰고 싶었고, 세상의 금기를 다룬 소설을 하나 쓰고 싶었어. 『독고준』이 그 관념적 소설이고, 『해피 패밀리』가 세상의 금기를 다룬 소설이지. 사람들은 『해피 패밀리』에 외설적 장면이 나오지 않으니 그만그만한 소설로 여기지만, 난 『해피 패밀리』야말로 극단적인 반-풍속 소설, 지금 인류가 간직하고 있는 윤리에 사납게 도전하는 소설이라고 생각해. 근친상간을 다룬 소설이야 많겠지만, 근친상간 이후를 다룬 소설을 나는 못 읽어 봤거든. 아무튼 『독고준』이고 『해피 패밀리』고 널리 읽히지 않은 소설이긴 하지만, 나로서는 만족스러운 작품들이야.

황인숙 『해피 패밀리』는 좀 읽히지 않았나? 영화로 만들면 재밌겠다 싶은 소설인데.

고종석 하긴 내 소설이 워낙 독자가 적으니 만 부만 넘어가도 많이 읽혔다고 할 수 있겠지. 그래, 『해피 패밀리』는 잘 기억은 안 나지만 만 부는 훨씬 넘겼지. 참, 『해피 패밀리』는 영어로 완역돼 지금 출판사를 찾고 있어. 그러고 보니 내가 세상에 내놓은 책이 적진 않은데, 많은 독자가 읽어준 책은 거의 없구나.

내 책이 왜 안 팔릴까를 생각해 본 적이 있어. 물론 재미가 없어서라고 말할 수 있겠지. 그렇다면 왜 재미가 없을까? 그건 아마 내 감성, 또는 감수성이 동시대 사람들과 맞지 않아서 그럴 거야. 문학작품의 경우에 많이 팔리는 책들의 저자는 그 자신의 감수성이 시대와 어울려서 그런 것 아닐까 생각해. 신경숙 씨나 공지영 씨의 소설들이 독자들의 환대를 받는 건 그 작가들과 당대 독자들의 감수성이 비슷한 덕이겠지. 그렇다면 나는 흔히 말하는 대로 '시대와의 불화'를 겪어왔다고도 할 수 있어. 시대와의 불화를 세상과의 불화라고 고쳐 말할 수도 있겠지.

　세상과 불화를 겪는 사람들 가운데 일부는 세상을 바꾸고자 노력하지. 그런 사람들의 극단적인 경우가 혁명가고. 그런데 어떤 사람들은 내적으로 침잠하게 돼. 내가 그런 경우가 아닌가 생각해. 세상과의 불화 또는 시대와의 불화를 겪는다고 할 때, 그 세상과 시대가 꼭 정의롭지 않다는 뜻은 아니지. 어떤 두 주체가 불화를 겪는다고 할 때, 반드시 한쪽이 정의롭고 다른 쪽이 정의롭지 못하다고 말할 수는 없어. 다만 그 시대의 결, 그 세상의 결과 주체의 결이 안 맞는다고 추론할 수 있을 뿐이지. 우리 세대는 이십대 말까지 군사독재 정권을 겪었고, 87년 이후에야 정치적 민주주의라는 걸 맛보게 됐지. 군사독재 정권이 악이라는 것은 명확하고 그 이후의 민주주의, 즉 민주화 이후의 민주주의라는 것도 꼭 선이랄 수는 없지만, 내가 그 시대와 불화를 겪었다고 해서 내가 선하게 살아왔다고는 생각하지 않아.

　앞에서 '결'이라는 말을 했지만, 불화라는 것은 좀 더 섬세한 차원에서 일어나는 것 같아. 그러니까 그 불화는 꼭 현대 한국 사회와 나 사이의 불화가 아니라 좀 더 넓혀서 현대 사회와의 불화, 또는 한국 사회와의 불화라고도 할 수 있을 것 같아. 더 나아가 내가 아프리카나 유럽이나 남아메리카에서 살았다고 해도 겪었을 수 있는 불화고, 내가 조선조나 고려조의 한국에 살았다고 해도 겪었을 수 있는 불화지. 좀 더 깊이 생각하면 내 불화는 인간과의 불화, 호모 사피엔스 사피엔스와의 불화였던 것 같아. 더 나아가면 모든 집단과의 불화. 그렇게까지 생각이 미치면, 내가 다른 시대, 다른 공간에 살았다 하더라도 내 책은 팔리지 않았겠지.

아 참, 잘난 척으로 들릴 말을 또 할게. 너는 나를 언어학자, 소설가, 기자로 규정했지만, 나는 스스로를 평론가로도 규정해. 시사평론가이기도 하고 문학평론가이기도 하지. 내가 시사평론가로서 정치적 발언을 해왔다는 건 너도 알 테고. 나는 너처럼 시를 쓰지는 못하지만, 시를 읽는 감식안은 있다고 생각해. 50권의 현대시집에 대한 비평모음인 『모국어의 속살』을 나는 아주 자랑스러워 해. 나는 그 책에서만큼은 김현이나 황현산에 이르렀거나 그분들을 넘어섰다고 자부해. 그 책이 신문을 안 탄 건 전혀 속상하지 않아. 조중동문이랑 나는 원수고, 한경오프랑도 데면데면하니까.

그렇지만 약간의 아쉬움을 담아서 그 책을 극찬한 성우[18] 말고는 문단에서조차 그 책에 주목하지 않은 건 속상했어. 그 속

---

[18] 권성우, 문학평론가, 숙명여대 교수

상함은 이내 한국 문단에 대한 경멸로 이어졌고. 고려대에서 현대문학을 가르쳤던 C씨한테조차 시 평론으로 대상문학상을 주는 게 한국문단이잖아. 사실 C씨는 시에 관한 한, 낫 놓고 기역자도 모르는 사람 아니니? 아, 너한테 강요하지는 않겠다. 내 판단이 그렇다는 거야. 나는 C 선생한테 아무런 사감도 없지만, 사실이 그렇다는 거지. 내가 문단의 한 귀퉁이에 서식하면서도 아무런 문학상도 받지 못해 삐뚤어진 걸까? 그럴지도 모르지. 그렇지만 『모국어의 속살』이 독자들의 무관심으로 시작해 망각으로 끝나버린 건 왠지 공평하지 못한 것 같아. 놀라운 건 성우의 예민한 정치 감각인데—여기서 정치란 문단정치야.—성우는 『모국어의 속살』을 상찬하면서도 그 책이 문단에서 불행한 운명을 맞을 거라는 걸 예측하더구먼. 성우가 그 표현을 쓰진 않았지만 내가 '매버릭maverick'이잖아?

황인숙 매버릭이 무슨 뜻이야?

고종석 우리말로 뭐라고 해야 하나. 그러니까, 어떤 파벌에도 속하지 않은 독불장군이랄까? 원래는 공화, 민주 양당에 속하지 않은 미국의 무소속 정치인을 뜻하는 말이야. 사실 그건 성우 자신의 이미지이기도 하지. 성우는 알아버린 거야. 성우처럼 버첫한 직업이 있어도 파벌에 속하지 않으면 문단에서 경시당하기 십상인데, 나 역시 그럴 거라는 걸 알아버린 거지.『모국어의 속살』이 얼마나 나갔는지는 모르겠어. 정은숙[19]은 알겠지. 암튼 몇 천 부 대에서 끝난 건 확실해. 좀 우스운 건, 조중동문 어디에도 그 책에 대한 기사가 나가지 않았는데, 〈중앙일보〉에서 그해 말에『모국어의 속살』을 '올해의 책' 가운데 하나로 선정했다는 거야. 책이 나왔을 땐 자기 신문 욕하는 놈 책이라 기사로 쓰기 싫었는데, '올해의 책'을 선정할 땐 마음이 달라진 걸까?(웃음)

황인숙 대개 '올해의 책'은 외부 인사가 선정하잖아. 무슨 큰 영광이라고—뭐, 작은 영광이기는 할 듯—군이 선정을 물리겠어. 특별히 악감을 가진 내부인 입김이 끼치지는 않았다는 거네. 그때가 몇 년도지?

고종석 아마 2006년쯤 되지 않나 싶어.

황인숙 와, 벌써 12년 전이네. 시간 후딱후딱 가네.
　네 단편소설 중엔 실제 인물을 모델로 삼은 게 몇 개 있지?

19 정은숙. 시인, 출판사 마음산책 대표.

고종석 그래, 내가 살면서 스친 이름 없는 사람들도 있지만, 이름이 꽤 알려진 사람의 면모를 부분적으로 빌려온 것들이 있지. 예컨대 지식인의 위선 문제를 다룬 「피터 버갓 씨의 한국 일기」의 화자 피터 버갓은 언어학자 노엄 촘스키 선생과 사회학자 피에르 부르디외 선생의 경력을 뒤섞어 놓은 거야. 그런데 내가 아는 독자 가운데 촘스키를 떠올리는 사람은 있었어도 부르디외를 떠올린 사람은 없었던 것 같아. 사실 '피터 버갓Peter Burgott'이라는 이름 자체가 '피에르 부르디외 Pierre Bourdieu'를 게르만식으로 바꾼 건데. 현실 속의 촘스키 선생이나 부르디외 선생에 대해선 내가 호감을 지니고 있는데, 소설 속에서 지적 속물로 그려놓은 게 찜찜하긴 해. 그렇지만 뭐 소설 속의 캐릭터니까.

황인숙 나는 그 소설에서 부르디외만 떠올렸지, 촘스키를 떠올리지는 못했는데? 내가 워낙 과문해서리. 벌써 이름에서부터 암시가 돼 있었구나.

고종석 응. 일종의 지적유희지. 꼭 점잖다고는 할 수 없다. 또 「찬 기 파랑」은 향가 제목을 빌려오긴 했지만 너도 알다시피 향가랑은 아무런 상관이 없는 소설이야. 주인공 '기 파랑Guy

Parent'은 앙드레 말로와 조지 오웰, 그리고 언어학자 에밀 벤베니스트를 섞어놓은 거야. 그런데 그 소설이 정말 실감났나 보지. 홍세화 선생이 프랑스 지인에게 '기 파랑'이라는 언어학자에 대해 아느냐고 물어보신 모양이야. 당연히 그 프랑스 사람은 들어본 적이 없는 사람이지.(웃음) 그렇지만「찬 기 파랑」을 쓰면서 나는 공을 꽤 들였어, 기 파랑의 친척들로 설정된 사람들이나 기 파랑의 친구들은 실존인물들이었으니까. 나 때문에 홍세화 선생이 바보가 돼 버린 거지.(웃음) 그 홍세화 선생님이「서유기」에서는 주인공 역할을 하지. 너도 알다시피 단편「이모」에서 이모의 모델이 된 사람은 너구.

황인숙 흥, 알아.(웃음)

고종석 꼭 주인공이나 중요인물이 아니더라도 실존인물을 슬그머니 등장시킨 경우도 있어.「이모」와 자매소설이라고 할 수 있는「플루트의 골짜기」에는 이탈리아 정치철학자 안토니오 네그리가 '앙투안'이라는 이름으로 살며시 등장해. 프랑스에 망명 중이었을 때니까, 친구들은 그를 안토니오라고 부르지 않고 프랑스식으로 고쳐 앙투안으로 부른다고 가정한 거지. 아마 실존인물 안토니오 네그리도 프랑스에선 앙투안으로 불렸을 거고. 「제망매」에는 「제망매가」의 그 누이와는 다른 인물이지만 조선희[20], 선희와 닮은 인물이 나오고.

황인숙 그랬구나. 『해피 패밀리』의 민형이한테서는 네 모습이 많이 보여. 특히 민형이가 민희와 시골 냇가에서 보내는 장면 말이야. 기억이 가물가물하긴 한데, 중학생인 민형이가 문법책에 탐닉하잖아. 언젠가 네가 그 비슷한 책에 푹 빠져서 읽는 걸 보고 신기했었어. 내게는 그런 책이 무슨 회계학이나 부기에 관한 책처럼 딱딱하고 퍽퍽하고 흥미 없거든. 그 생각이 나더라.

고종석 민형이가 본 건 그냥 문법책이 아니라 중세 영어 문법 책이었어. 그게 어린 시절의 나와 비슷하지.

황인숙 소설 말고 에세이도 많이 책으로 냈지?

고종석 많이 냈다고는 할 수 없지만, 제법 냈지. 그런데 그 에세이 가운데는 외국어로 결코 번역할 수 없는 책들도 있어. 왜냐? 그 에세이 자체가 한국어에 너무 밀착돼 있기 때문에 그

20 조선희, 소설가

래. 한글 스물넉 자에 대한 단상인 『언문세설』도 그렇지만, 사랑과 관련된 말들에 대한 단상인 『사랑의 말, 말들의 사랑』이나 『어루만지다』 같은 책을 외국어로 어떻게 번역하겠어? 그 책들의 한국어는 한국어에 대한 한국어, 굳이 이름을 붙이자면 '메타 한국어'잖아. 한국어를 아는 사람만이 그 책들을 읽고 이해할 수 있는 거지. 물론 우리는 영어로 서술된 영어 문법책을 한국어로 번역할 수는 있어. 그렇지만 『사랑의 말, 말들의 사랑』을 비롯한 내 메타 한국어책은 문법보다 훨씬 섬세한, 한국어의 미묘한 감정선을 건드리고 있거든. 번역의 신이 있다고 해도 그 책을 영어나 일본어 같은 외국어로 번역할 수는 없어.

황인숙 무슨 말인지 알겠어. 메타 한국어? 멋있게 들리는 말이군. 암튼 단편소설집이나 에세이가 초판은 다 나갔을 거 아냐?

고종석 초판 1쇄를 말하는 거지? 초판 1쇄는 순식간에 나가고 2쇄부터는 영원히 소화가 안 되지.(웃음) 근래에 낸 책들일수록 더 안 나갔던 것 같고. 근년에 가장 많이 나간 책은 글쓰기 강좌를 녹취해 책으로 펴낸 『고종석의 문장』이 아닌가 싶어. 그러니 내가 염세주의자가 안 되겠니?

황인숙 그러게!(웃음) 그나저나 초판 1쇄도 나가지 않는 책이 얼마나 많은데, 그럭저럭 팔았구면. 아, 베스트셀러는 하늘이 내는 거라잖아. 문제는 너 정도로 그럭저럭 팔리면 그 대가로 먹고 사는 걱정은 안 해도 되면 좋으련만 절대 그렇지 못하다는 거지. '염세'나 '혐인'이라는 말은 네가 자주 쓰는 말이지.

고종석 응. 그건 제스처가 아니야. 내 정체성의 작지 않은 부분을 이루는 말이지. 세상이 비천한 건 나를 포함한 인류가 비천해서니까. 내 의지와 상관없이 내던져진 이 세계와, 그리고 이 세계에서 만난 사람들과 나는 쉽게 친해질 수가 없었어. 정말 나는 극소수를 빼고는 내 동류를, 사피엔스를 싫어해. 그런데 왜 자살을 안 했을까? 자살 충동을 느껴본 적은 많이 있어. 그렇지만 아직까지는 살아 있네. 그러고 보니까 나는 에밀 시오랑[21]의 에피고넨Epigonen[22]인지도 모르겠어. 그이도 그렇게 말했잖아. 세상살이가 아무리 힘들어도 자기는 견딜 수 있는데, 그건 자살이라는 보험이 있어서 그렇다고 말이야. 그이는 고종

---

21 에밀 시오랑(Emil Cioran), 루마니아 출신의 프랑스 작가, 철학자. 불면과 자살 충동에 시달리며 쇼펜하우어, 니체에 심취했고 평생 문단과의 교류나 언론 인터뷰도 거부한 채 고독 속에 살았다.
22 자손 혹은 후예라는 뜻의 독일어

명 考終命[23] 했지. 나도 고종명할까? 글쎄 그건 잘 모르겠어. 시오랑이 얼마만큼 염세주의자였는지도 내가 정확히 가늠할 수 없지만, 그가 자살 충동을 나만큼 자주 느꼈는지도 알 수 없으니까. 그이 어머니의 회고에 따르면, 시오랑의 자살 충동도 크고 잦긴 했던 것 같더라만. 그렇지만 그이는 나보다 누리고 있는 것, 가진 것이 많았던 터라 끝내 자살을 못 했을지도 몰라. 그이 기준으로 세상살이가 설령 힘들었다고 해도 말이야, 시오랑 자신이 거부해 어떤 문학상도 받지 않았고, 부유하게 살지는 못했지만 살아생전 20세기 최고의 프랑스어 산문가로 인정을 받았으니까. 결국 시오랑은 자살하지 않았잖아. 나처럼 가진 것이 적은 사람에게 자살은 덜 어려운 법이지.

자살이라는 건
병사에 지나지 않는다

황인숙 왜 네가 가진 것이 없다고 생각해?

23 오복의 하나로, 제 명대로 살다가 편안히 죽는 것.

고종석 사실이 그런걸 뭐. 나는 지금 백수에다가 글 쓸 기력도 없고 앞으로의 희망도 없잖아. 술 담배 같은 쾌락에 빠질 희망조차도.

황인숙 글 쓸 기력이 없다는 건 핑계야. 그렇게 고지하면 글 안 써도 되니까 맘 편하게 그리 결론 내리는 거라구. 여태 너무 수월히 글을 써서 더 그렇게 생각되는 거야. 난 평생을 돌에서 물을 짜내듯 힘들게 썼어. 달리 할 줄 아는 일도 없고 하니, 이유식 먹던 기력을 다해 꾸역꾸역 쓰는 수밖에. 앞으로의 희망이라…. 세상 모든 사람은 관두고, 세상 문인의 평균치보다 더 희망이 없을까? 이미 세상에 읽을 만한 책들을 내놓은 저자가 말이야. 그리고 네가 불화한다는 이 세계에서 친구들도 얻었잖아. 나만 해도 네 친구 아니니? 너를 속속들이 알지는 못하지만.

고종석 읽을 만한 책들이라는 말은 고마워. 그게 네 진심이었으면 좋겠어. 그리고 친구들… 글쎄, 네가 말하는 그 친구들이 나를 친구로 여겨줄까? 명교랑은 틀어졌고, 진석이도 마찬가지고, 금실이도 요새 쌀쌀하고. 그러고 보니 병직이, 영식이 만난 지도 꽤 됐네. 내가 술을 못 마시니까. 나 지금 완전히 고립돼 있나?(웃음) 아, 아무튼 네가 듬직한 친구로 남아 있구나.(웃음)

황인숙 잘 모르는 사람들이건 친구들이건 사람들이랑 어울리는 자리에서 넌 꼭 술을 가운데 둬야 편안해 했어. 술 없이도 얼마든지 친구들이랑 즐겁게 어울릴 수 있는데 말이야. 이제 우리 그러자. 맛있는 음식 먹고, 차 마시고. 나는 너를 친구로 여겨. 아주 가까운 친구로 여기지.

고종석 고마워. 아니, 당연히 그래야지.(웃음) 그렇지만 너를 포함해서 그 친구들과 있을 때조차, 나는 뭔가 황폐함을 느껴. 아니, 황폐함까지는 아니더라도 뭐가 어긋나 있다는 느낌을 받아. 안티푸라민 뚜껑이 몸체에 딱 맞듯, 그런 편안함이 없어.

황인숙 황폐함이라… 그건 외려 우리가 느꼈지. 정말 네 주량은 황폐할 정도였어. 다행히도 주사는 없었지만 말이야. 안티푸라민 통은 뚜껑 여닫는 게 불편한 용기야. 뭔가 삐딱하게 닫히고, 열려면 청각을 거슬리는 감촉이 손가락 끝에 삐딱하게 전해지는 것 같고, 아무튼 편치 않아.(웃음) 몸체랑 뚜껑이 너무 딱 맞아서 그럴 거야. 네가 말하는 그 편안함은 갑갑함이 될 수도 있어. 헐거움에서 오는 자유를 너는 못 느껴봤니?

고종석 네 말이 맞는 것 같기도 하다. 뚜껑과 몸통이 딱 맞으면 편안함과 더불어 답답함이 느껴지겠지. 그렇다면 내가 정작 바라는 것은 그 답답함인가? 한 치의 거리도 허용하지 않는 연대감, 단 두 사람만의 코뮤니즘, 그런 건지도 모르겠네. 그렇지만 나는 그걸 아내에게도 친구들에게도 못 느껴본 것 같아. 아니, 어떤 순간에는 느꼈을지 모르지만, 그것이 길게 가지는 않았어.

황인숙 그게 인생이야. 그런 감정이 길게 가는 것은 누구한테도 불가능할 거야. 그건 우리가 제어할 수 없는 호르몬이나 신경전달물질에 달려 있을 테니까.

고종석 네 말이 맞아. 확실치는 않지만, 우리는 조종되는 존재지. 게다가 이젠 자살하기엔 너무 늦은 나이가 된 것 같기도 해. 10대의 마지막 해, 20대의 마지막 해, 아니 30대의 마지막 해라고 해도 자살이 의미가 있을 수 있겠지만, 지금 나는 예순이고, 이런 노년의 자살에 뭔 뜻이 있겠어? 정희진[24] 씨가 '자살이라는 건 병사에 지나지 않는다.'고 말했던 게 생각나네. 그 병이라는 건 우울증이지. 나는 아직 우울증이 충분치 못한 건가? 어쩌면 항우울제가 나를 죽음에서 비껴가게

24 정희진. 여성학자. 평화학자.

만들고 있는지도 모르겠구나.

황인숙 항우울제를 먹어?

고종석 응, 내가 말 안 했나? 병원에 다닌 지 꽤 오래 됐어. 원래 강박신경증 때문에 다닌 건데, 강박신경증 치료약들이 다 항우울제라고 하더군. 스무 해 전쯤에 금실이한테 "나는 마음의 감옥에 갇혀서 산다."고 말한 적이 있어. 금실이도 그 말이 인상에 남았는지 어느 글에서 그 얘기를 했더라. 그런데 그게 내 강박신경증을 털어놓은 거라는 건 걔가 눈치 못 채더군. 금실이도 좀 둔한 데가 있어. 그런데 언젠가부터 강박신경증만이 아니라 우울증도 얻은 것 같아. 내가 뇌출혈 겪기 전에 특히 술에 탐닉한 것도 우울증 탓이 아닌가 싶어. 우울해서 마셨고, 마시니 우울했고. 『어린 왕자』에 나오는 주정뱅이의 삶이었지.

황인숙 그럼 지금처럼 버텨. 지금까지처럼 앞으로도 버티라구. 하느님이 널 거둬 가실 때까지.

고종석 너 무신론자 아니니, 나처럼? 하긴 세상에 무신론자는 없지. 무신론자를 자처하는 사람들도 다 불가지론자일 뿐이지. 하느님이 있다는 건 언젠가 증명될지 몰라도, 하느님이 없다는 건 결코 증명할 수 없으니까. 증거의 부재(不在)가 부재의 증거는 아니니까.

황인숙 비유적으로 한 말이야. 기독교의 인격신 같은 거야 있을 리 없지만—아니 그것도 모르지—애쓰지 않아도 어차피 우리는 모두 죽어. 자살은 가까운 사람들의 정신적, 현실적 뒷일을 생각하면 엄청 피곤하고 귀찮고 이기적인 행위야. 그냥 살아. 아무튼 네 운명이 있을 거 아냐? 운명을 따르라구. 순명하라구.

고종석 그 운명이 내일 나를 자살로 몰지도 모르겠군.(웃음)

황인숙 (정색하며) 그게 정말 네 운명이라면! 이렇게 대답하면 좋겠니? 우리 살자. 어차피 우리 결국엔 죽잖아. 네가 좋아하는 에밀 시오랑처럼 죽음의 보험을 들어 논 셈이니까 그냥 살아보자구.

고종석 지금으로선 그럴 생각이야. 그런데 자살이 우울증이라는 병이 만드는 죽음이라면 노무현 대통령의 죽음이나 노회찬 씨의 죽음은 어떻게 받아들여야 할지 모르겠어. 나는 그 두 자살을 다 냉정하게 보는 편이지. 그 사람들의 자살이 정적에 의한 탄압이 낳은 우울증 때문이라고 해도 선뜻 이해해주기가 어려워. 그 사람들은, 특히 노무현 대통령은 왜 맞서 싸우지 못했을까? 자신이나 가족의 잘못을 인정하고 죗값을 치르며, 그리고 자신의 지지자들과 어깨를 겯고 박해자와 싸우며 살아남지 못했을까? 노회찬 씨도 결국 마찬가지고. 그 사람들보다 훨씬 큰 잘못을 하고 곤경에 빠진 정치인들이 자살을 하지 않는 건 우울증에 걸리지 않을 만큼 강해서 그런 걸까.

아무튼 나는 자살 앞뒤로 사람에 대한 평가가 180도 변하는 건 바람직하지 않다고 생각해. 두 노 씨 모두 자살을 하지 않았다면, 지금처럼 긍정적으로 평가받기는 어려웠겠지. 부패 정치인의 낙인이 찍혔을지도 모르고. 그런 사람들이 자살을 통해 순교자로 거듭났잖아. 노무현 대통령이나 노회찬 씨나 분명히 공은 있지. 아니 공이 매우 큰 사람들이지. 그렇지만 그 공의 상당 부분을 빛바래게 할 과오를 자살로 돌파해 버렸잖아. 그 사람들을 찬양하는 이들이 얼마나 많은지는 나도 알고 있지만, 두 사람 다 역사 앞에서도, 자신 앞에서도 용기를 내지 못했어. 이 경우 자살은 용기의 징표가 아니라 비겁함의 징표라구!

황인숙 네 생각에 완전히 동의하는 사람이 그리 많지는 않을 것 같아. 나는 부분적으론 동의해. 그 두 사람은 각기 자기가 상징하는 바의 삶의 방식이랄까 가치를 지키기 위해서 목숨을 버린 걸 테지. 명예자살이랄까…. '목숨을 버린다'라는 말을 '세상을 버린다'고도 하잖아. 그때 세상은 한 생명마다 생명으로 부지할 조건을 갖춘 틀이기도 하고, 그가 속했던 이 전체 세상이기도 하겠지. 내가 철학을 하네.

고종석 자살이 병사라는 관점에 서든 안 서든, 우리는 노무현을 죽인 게 이명박이라는 말을 많이 해. 나는 이 관점에 반쯤은 동의해. 로열패밀리끼리는 서로 건드리지 말자는 이른바 '형님 밀약'을 이명박이 먼저 깨고 전임 대통령 기소를 승인했으니까. 사실 승인한 정도가 아니라 검찰에게 시켰겠지. 당시 광우병 데모로 곤경에 빠진 자신을 구해내고 정권의 고삐를 당기기 위해서. 물론 '형님 밀약'이라는 걸 이명박 측에서든 노무현 측에서든 부인하고 있지만, 그런 약속이 있었을 개연성은 충분해. 이명박의 측근이었던 추부길 씨로서는 없었던 일을 있었다고 주장해서 얻을 이득이 없으니까. 그런 전제 아래 노무현을 죽인 게 이명박이라면, 노회찬을 죽인 건 누굴까? 드루킹? 허익범 특검? 김경수? 아니면 문재인의 심복 가운데 우리가 모르는 누구? 아니면 특검에서 살 길을 찾고 싶었던

야당의 그 누구? 아무도 아닌 것 같아. 어쩌면 그 모두일지도 모르고. 그래서 사람들은 정치자금법 등의 제도를 탓하지만 그게 노회찬을 면책해 주는 건 아니지. 노무현, 노회찬 둘 다 내가 좋아했던 정치인이야. 그래서 더 안타까운 거구.

페미니스트와
언어의 해리

황인숙 화제를 바꿔서, 요즘은 무슨 책을 읽어?

고종석 책읽기에 게을러진 것도 오래 됐어. 식욕이나 성욕처럼 독서욕도 나이가 들면 줄어드나 봐. 아, 물론 너는 예외적인 남독가니까 안 그렇겠지. 새 책을 사서 읽는 일은 드물고 예전에 읽은 책을 다시 읽거나, 예전에 사뒀다가 미처 못 읽은 책을 읽고 있어. 게으르게. 대부분은 불어책들이야. 서가엔 이제 흥미를 잃은 언어학 책들이 많지만, 젊어서 파리에 살 때 이런저런 분야의 책들을 탐욕스럽게 사 놔서 읽을 책은 많아. 책 사는 데 탐욕스러울 게 아니라 책 읽기에 탐욕스러워야 했는데. 암튼 읽다 만 롤랑 바르트 전집이랑 프랑수아즈 사강 전집은 끝장을 내고 싶어. 그런데 사실은 매일 책이 몇 권씩 도착해서 새 책들도 소화 못 해. 이 자리를 빌어서 문학과지성사, 문학동네, 마음산책에 특별히 감사를 표함.

황인숙 너한테 책을 보내주는 출판사들이야?

고종석 다른 출판사들도 있지만, 자주 보내주는 곳이지. 특히 문학과지성사 책은 거의 매일 와. 책 만드는 속도를 믿을 수 없을 정도로.

황인숙 나한테 책 보내주는 출판사는 마음산책뿐이야. 마음산책에 감사! 그런데 프랑수아즈 사강을? 뜻밖인데?

고종석 전집이 있으니 읽겠다는 거지. 두툼한 책 한 권에다가 사강의 작품들을 잔글씨로 다 담아놨어. 놀랍지? 그리고 사강이 어때서? 내가 영화 보는 기준도 할리우드 쪽이라며? 나는 연애소설도 좋아하던 시절이 있었어. 『슬픔이여, 안녕』을 읽은 게 10대말이야. 영화도 봤고. 할리우드 영화지. 사강처럼 분방하게 살지는 못했고 앞으로도 못하겠지만, 그 여자가 쓴 사랑 이야기들을 읽는 건 또 다른 문제지.

황인숙 사강이 매력 있는 작가이기는 하지. 〈슬픔이여, 안녕〉에 주인공으로 출연한 배우가 진 세버그잖아. 초등학생 때 티비에서 봤어.《명화극장》이던가,《주말의 명화》던가.

고종석 데보라 커 말고 나왔던 여자가 진 세버그였구나!

황인숙 응. 진 세버그는 로맹 가리 부인이 됐지. 뒤에 헤어졌지만. 난 로맹 가리 좋아해. 로맹 가리의 삶은 사강 소설 같은 데가 있지. 그러고 보니 사강의 삶이 로맹 가리 소설 같기도 하네. 둘이 닮은 건가? 그 시대 작가들은 다 소설 같은 삶을 살았던 거 같아. 지금처럼 글 따로, 생활 따로가 아니고.

고종석 그건 내 생각과는 다른데. 나는 대부분의 사람들이, 대부분의 작가들이 자기 글과는 다른 삶을 살고 있다고 생각해. 작가들은 작품에서 자기를 미화시키기 마련이지. 자전적 소설이 아니더라도 작품에는 작가가 담기잖아. 그림자처럼. 그런데 작품 속에 모습을 드러내는 작가는 대개 실제의 작가보다 훨씬 고귀하지. 뭐 악마주의적 소설가들이 없는 건 아니지만, 그 사람들조차 소설 속의 제 그림자에 고귀함을 부여할 걸.

로맹 가리를 좋아하는 건 나도 마찬가지야. 그 사람이 『자기 앞의 생』 이후로 파리의 내로라하는 평론가들을 가지고 논건 아주 유쾌해. 아, 그런데 그이도 자살을 했구나. 내가 파리에 살 때 철학자 질 들뢰즈 선생이 자기 아파트에서 투신해 자살을 했는데, 그 자살에 어떤 의미들을 부여하려는 시도들이 프랑스 학계와 언론계에 있었지. 그런데 내가 보기엔 참 어이없고 부질없고 생각없는 짓이더라구. 나이가 들어 지적 작업도 계속할 수 없고, 몸 움직이기도 불편하고, 혹시라도 육체적 병이 있기라도 하면 당연히 우울증이 오는 거구, 우울증은 적절히 제어되지 않으면 당연히 자살로 이어지는 건데, 뭘.

황인숙 들뢰즈 부고 기사를 본 거 같아. 그가 우울증이 있었을지 몰라도 그 증후가 자살을 불렀다고 하면 억울할지 몰라. 그는 충분히 열심히, 사는 데까지 살지 않았을까. 어쩐지 그의 죽음은 주위 사람을 화나게 하지는 않았을 것 같아. 슬퍼하게만 했지. 삶의 어려움을 회피하려거나 이기심에서 죽는건 화가 나. 이기적인 죽음은 이기적인 삶만큼이나 아름답지 않아. 자살 얘기는 그만하자.

한 달 전쯤 네가 『그래서 나는 페미니스트가 아니다』라는 책 읽을 만하다고 추천했잖아. 많이 공감되면서 잘 읽히더라. 그 책을 쓴 제사 크리스핀이란 이는 아주 합리적인 페미니스트로 여겨져. 제 3세대 페미니스트들의 과격한 저항에 대비해서인지 뒷부분에는 그들의 비위를 맞추듯 '신사 여러분'을 향한 거친 표현도 있지만. 페미니스트를 자임하고, 대학로 모임에도 동참하곤 하는 스무 살 남성을 아는데, 그 친구한테도 일독을 권할 참이야. 그 책 읽으면서, 너 몇 해 전에 트위터에서 페미니스트들한테 폭격 당하던 생각이 났어. 난 너를 페미니스트라고 알아왔는데, 반페미니스트라 낙인찍히고 공격 받는 네 상황에 당혹스러웠어. 내키지 않겠지만, 그때 얘기 좀 해 봐. 그리고 페미니즘에 대한 네 생각도 들려줘.

고종석 페미니스트를 자처한 적은 한 번도 없어. 내가 만든 말이긴 하지만, '자이노파일gynophile'이랄까, 여자를 좋아하는 사람이지. 섹스라는 틀을 넘어서 아주 넓은 의미로. 제대로 실천하진 못하고 있지만 나는 여자들의 처지를 이해하려고 애쓰는 편이야. 이건 내 나이 또래에서는 비교적 드문 일이라고 생각해. 한국 페미니즘에 대해 말하자면 글쎄, 나는 워마드 식의 페미니즘에까지 동의하지는 않아. 그건 도덕적으로만이 아니라 전술적으로도 옳지 않다고 생각하고. 아니, 그건 페미니즘도 아니라고 생각해.

'미소지니misogyny'를 흔히 여성혐오, 여혐이라고 번역하잖아. 이 번역은 어원적으로는 충실하지만, 사실 잘못된 거지. 남자들이 여자를 싫어하는 건 아니니까. 번역을 하지 말고 그냥 '미소지니'라고 하든지, 꼭 번역을 할 거면 '여성차별' 정도로 번역하는 게 좋았지. 반면에 워마드가 남성을 대하는 태도, 영어로 '미샌드리어misandria'는 남성혐오, 남혐이라는 번역이 딱 맞아. 워마드는 남자를 차별하는 정도가 아니라 증오하고 혐오하니까. 워마드는 '우먼woman'과 '노마드nomad'를 부분 합성해서 만든 말이라고 들었는데 이 친구들은 노마드, 곧 유목민이 결코 아니야. 무리를 지어 남자들을 혐오하는 파시스트들이지. 그래, 나도 '페미나치'란 말 참 싫어하는데, 워마드의 어떤 행태를 보면 페미나치라는 말을 들어도 할 말이 없다고 생각해. 워마드의 공격이 그저 남성만 표적으로 삼고 있는 게 아니라 남성 가운데서도 약자, 소수자를 표적으로 삼고 있는 건 정말 위험하고.

내가 페미니스트들한테 폭격당한 건, 몇 해 전인가 페미니스트들이 축제를 하면서 여성 성기를 부르는 한국어 속어를 앞에 붙인 풀빵을 판다고 하길래, 그건 언어의 '해방'이 아니라 언어의 '해리解離'라고 지적한 탓인데, 도무지 대화가 안 되더구먼. 내가 입 밖으로 여성 성기 이름을 내지 못한다는 게 내가 반페미니스트라는 증거라니. 아무튼 지금까지도 페

미니스트를 자처한 적이 없지만 앞으로도 없을 것 같아. 하
도 많은 종류의 페미니즘이 있기도 하고. 그런데 내가 페미니
스트 포즈를 취한다고 해도 비난받는 건 마찬가지인 것 같아.
내가 재작년에 〈경향신문〉에 아까 말한 편지를 연재할 때, 에
마 왓슨에게 쓴 편지가 있어. 가만, 너도 그때 읽었을지 모르
겠지만 폰에서 한 번 찾아보자. 여기 있네. 한번 읽어봐.

에마 왓슨 유엔 여성 친선대사께

꼭 한 해 전 오늘, 당신은 유엔 여성 친선대사의 자격으로 뉴
욕의 유엔 본부에서 감동적 연설을 함으로써 페미니즘 역사의
한 획을 그었습니다. 당신의 그 연설은 '히포쉬HeForShe 캠페
인'의 시작을 알리며 인류의 반을, 당신과 다른 성을 지닌 이들
을 페미니즘 운동의 활동가로 불러냈습니다. 히포쉬HeForShe
캠페인의 주체는 물론 '유엔 성평등과 여성권한 기구(UN
Woman)'지만, 이 캠페인의 가장 상징적인 인물은 또렷이 당신
입니다. 당신은 그 연설을 통해 영화 〈해리포터〉 시리즈의 헤르
미온느 진 그레인저에서 여성운동가 에마 왓슨으로 다시 태어
났습니다. 젊은 당신에게 영화인으로서 남은 인생은 길겠지만,

그 긴 생애를 당신은 또한 여성운동가로서 살게 될 것입니다.

당신은 그 멋진 연설에서 남성을 페미니즘 운동가로 초대했고, 버락 오바마 미국 대통령과 반기문 유엔 사무총장을 비롯한 유명인들이 즉각 당신의 초대를 수락했습니다. 그리고 지난 한 해 동안 당신의 초대에 응한 남자들은 기하급수로 늘어났습니다.

당신은 연설에서 페미니즘을 '남성과 여성이 동일한 권리와 기회를 지녀야 한다는 신념'이라고 정의한 뒤, 그것이 남성 혐오와 동일시되는 현실을 개탄했습니다. 또 당신은 자신이 페미니스트가 되기로 결정한 뒤, 그 말이 남성 우위 사회에서 얼마나 불리한 자기규정인지 깨달았음을 털어놓았습니다. 당신 말대로, 당신은 유복한 성장과정에서 여성이라는 이유로 불이익을 받은 적이 거의 없었기 때문일 것입니다.

당신이 지적했듯, 인류의 반을 제쳐놓은 운동은 성공할 수 없습니다. 그리고 페미니즘은 여성을 위한 운동이자 남성을 위한 운동이기도 합니다. 당신 말마따나, 남성 우위 사회에서 남성은 강인함과 공격성을 강요받습니다. 당신은 영국을 예로 들었지만, 많은 나라에서 남성의 가장 흔한 사망 원인은 자살일 것입니다. 남성은 어려운 상황에 처해도 남에게 도움을 청할 생각이 심리적으로 제약되기 때문입니다. 강인하지 않은 것은 덜 남성스럽게 보이기 때문입니다. 그러나 당신이 말했듯, 남성이 남성으로 받아들여지기 위해 공격적일 필요가 없다면, 여성역시 여성으로 받아들여지기 위해 복종적일 필요가 없습니다. 남성이 통제할 필요가 없다면, 여성 역시 통제받을 필요가 없습니다. 여성과 남성은 자유롭게 감성적일 수 있어야 하고 자유롭게 강인해져야 합니다. 그렇습니다. 당신 말대로, 히포쉬 HeForShe 캠페인은 모두의 자유에 관한 것입니다.

당신이 지적했듯, 평등에 대한 신념을 지닌 사람들은 모두 '의도하지 않은 페미니스트(inadvertent feminists)'입니다. 나 역시 당신이 말하는 의도하지 않은 페미니스트에 속할지도 모릅니다. 나는 이미 마음으로 당신의 초대에 응했다고 생각합니다. 그리고 내 나름으로는 '의도하지 않은 페미니즘'에 속할 조그만 실천들을 해왔습니다. 당신이 인용한 에드먼드 버크의 말대로 "악의 힘이 승리하는 데 필요한 것은 선한 사람들이 아무 것도 안 하는 것"이기 때문입니다. 내가 선한 사람인지 나는 모릅니다. 그러나 내 안에 선함의 가능성은 있다고 생각합니다.

당신은 연설에서 똑같은 노동에 대해 여성과 남성이 받는 차별적 임금, 일부 낙후된 지역 여성들의 조혼早婚과 교육 기회 박탈 등을 얘기했습니다. 그것이 성차별의 핵심적 부분일 것입니다. 그러나 나는 당신이 제한된 시간 때문에 그 멋진 연설에서 누락했을 문제들을 짚어보고자 합니다.

첫째, 당신도 최근에 인정했듯, 흑인 여성과 백인 여성이 경험하는 성차별과 불평등은 양상이 크게 다릅니다. 마찬가지로, 'LGBT[25]'라 불리는 성소수자들이 경험하는 차별은 이성애자 여성이 겪는 차별과 크게 다릅니다. 또 상층 계급에 속한 여성과 하층 계급에 속한 여성이 겪는 성차별은 크게 다릅니다. 그러니까 페미니즘 운동이 온전해지려면 인종적 소수자들에게, 성적 소수자들에게, 그리고 계급적 약자들에게 항상 눈길을 거두지 말아야 합니다. 나는 거기에 장애인 여성도 추가하고 싶습니다. 많은 페미니스트들이 그런 논점들에 눈을 감음으로써 페미니즘 운동을 고립시켰습니다.

둘째는 당신도 알고 있을 저명한 페미니스트 바버라 에런라이크가 말한 '순진한 페니미즘'의 위험입니다. 에런라이크가 '순진한 페미니즘'이라고 부르는 것은, 사회화에 따른 것이든 생물학적 바탕을 지닌 것이든 여성이 남성보다 윤리적으로 우월하다고 가정하고 여성에 대한 남성의 가해가 모든 불평등

25 여성 동성애자(Lesbian), 남성 동성애자(Gay), 양성애자(Bisexual), 성전환자(Transgendered)의 약자로 성소수자를 통칭하는 말.

의 근원이라고 보는 페미니즘입니다. 에런라이크는 이라크 아부그라이브 교도소에서 이라크인 포로들이 당한 끔찍한 고문의 미국인 수행자 가운데 여자들이 포함돼 있었다는 걸 알고는 가슴이 비통함으로 찢어졌다고 털어놓습니다. 당신이 열 살갓 넘었을 때 일어난 일이어서 당신은 그 일을 잘 모를지도 모릅니다. 그 당시 전 세계 언론에 실린 그 유명한 사진에서, 린디 잉글랜드라는 미군 여성 일병은, 벌거벗긴 채 머리에 두건이 씌워진 이라크 남자들의 목에 줄을 묶어 개처럼 끌고 다니며 웃는 얼굴로 포로들의 성기를 가리키고 있었습니다.

이 사진을 본 에런라이크는 충격을 받고 "자궁이 양심을 대신할 수는 없다."고 선언합니다. 그리고 여성의 윤리적 우월성이라는 가정 위에 세워진 페미니즘이 순진할 뿐만 아니라 태만하고 자기만족적이라고 지적합니다. 그것이 자기만족적인 것은 여성의 승리를 그 자체로서 모든 사람의 승리로 가정하기 때문이고, 그것이 태만한 것은 싸워야 할 다른 대상이 많이 있는데도 오직 성평등을 위한 투쟁 하나만 필요하다고 여기기 때문입니다. 에런라이크의 이런 지적은 내가 앞에서 거론했듯, 페미니스트들이 인종 차별주의, 계급적 박해, 성소수자 박해, 장애인 차별에 맞서 싸우는 사람들과 힘을 합해야 한다는 것을 뜻합니다.

당신은 히포쉬HeForShe 캠페인의 첫발을 내딛으면서 인류의 반인 남성을 페미니즘 운동에 초대했습니다. 그러나 인류의 반인 그 남성들이 동질적 무리가 아니라는 것은 당신도 나도 아는 사실입니다. 성적 범주 안에서는 그들이 대개 가해자이기 쉽지만, 한 사람의 존재는 성적으로만 규정되는 것이 아닙니다. 존재는 중층적으로 결정됩니다. 그렇게 중층적으로 결정된 존재는 어떤 순간에는 가해자가 되기도 하고, 어떤 순간에는 피해자가 되기도 합니다. 페미니즘은 그런 사실에 섬세한 눈길을 건네야 합니다.

히포쉬HeForShe라는 구호에는 인류가 성적으로만 구분된다는 함의가 실렸습니다. 그러나 당신이 말하는 페미니즘이 모든 여성과 모든 남성을 동질적으로 보고 있다고 생각하지는 않습니다. '히포쉬HeForShe'의 '그(He)'에는 모든 범주의 강자나 가해자가 포함돼야 하고, '그녀(She)'에는 모든 범주의 약자나 피해자가 포함돼야 한다는 것에 당신도 동의할 것입니다. 지난해에 노벨평화상을 탄 파키스탄의 여성운동가 말랄라 유사프자이는 당신보다 일곱 살이 젊지만, 당신과는 아주 다른 삶을 살았습니다. 당신의 페미니즘은 독서를 통해서, 그리고 더 중요하게는 〈해리포터〉 시리즈의 헤르미온느 역을 맡으며 벼려졌을 것입니다. 영화 속에서 헤르미온느는 강인하고 박식하고 총명합니다. 남자 동급생들보다 뛰어납니다. 〈해리포터)의 원작자 조앤 롤링 여사도 헤르미온느 진 그레인저의 캐릭터에는 페미니스트적 요소가 있다고 말한 바 있습니다.

그러나 말랄라 유사프자이의 페미니즘은 삶과 죽음의 경계에서 살아온 경험의 소산입니다. 당신이 연설에서 술회한, 당신 성장기의 '여성스럽지 않음'에 사람들이 별난 눈길을 보낸 것과는 그 경험의 질이 다릅니다. 나는 지금 여기서 당신과 말랄라를 비교해 말랄라의 페미니즘이 더 온전하다고 말하려는 것이 아닙니다. 말랄라 역시 최연소 노벨평화상을 탄 국제적 명사입니다. 당신이든 말랄라든, 이미 국제적 명사가 돼 버린 이들에게는 사실 페미니즘의 필요성이 그리 절실하지 않습니다. 나는 당신처럼 젊은 유명인이, 페미니즘이 특별히 필요할 것 같지 않은 유명인이, 페미니스트임을 선언하고 인류의 반을 페미니즘 운동에 초대한 것을 높이 평가합니다. 당신의 히포쉬HeForShe 캠페인에 인류의 반 모두가 참가해 여성과 남성이 평등한 사회가 오기를 바랍니다. 당신이 연설에서 지적했듯, 여성과 남성이 평등을 누리고 있는 나라는 이 행성에 하나도 없습니다. 당신 연설의 마지막 대목은 모든 사람에게 실천을 독려하는 최고의 마무리였습니다. "내가 아니면 누가? 지금이 아니라면 언제?"

그렇습니다. 다른 사람이 아닌 바로 내가, 나중이 아닌 바로 지금, 히포쉬 HeForShe 는 실천돼야 합니다. 페미니즘의 주체는 여성만이 아니라, 여성을 비롯한 모든 인류입니다. 남성과 LGBT를 포함한 모든 인류입니다. 인종과 계급과 장애 여부를 가로지르는 모든 인류입니다.

고종석 어때? 이 편지가 그렇게 부적절한가? N이라는 친구는 〈허핑턴포스트〉에다 이 편지를 두고 날 심하게 비판하는 글을 썼고, 소설가 겸 영화평론가 듀나마저 전형적인 맨스플레인 Mansplain [26] 이라고 날 비난하더라고. 내가 이 편지에서 에마 왓슨을 가르치려고 했나?

황인숙 나도 그때 이 편지 읽어봤어. 내 판단엔 멀쩡한 편지던데. 그 사람들이 뭘 가지고 그러는 걸까, 그들이 괜히 그러지는 않을 텐데, 어디서 자극 받은 걸까. 정말 순수하게 탐구심으로 알고 싶어서 몇 번이고 읽었는데, 내게 코드가 없는 건지, 잘 모르겠더라구. 네가 N, 그 친구를 좋게 평해서 나도 괜히 좋게 생각했는데, 그 이후 자세히 보니 영 아니더라. 젊은

---

26 '남자(man)'와 '설명하다(explain)'를 합친 단어로, 어느 분야에 대해 여성들은 잘 모를 것이라는 기본 전제를 가진 남성들이 무턱대고 아는 척 설명하려고 하는 행위를 가리킴.

친구들을 네가 좋아하는 건 익히 알고 있는 바지만 넌 그 친구의 어느 부분을 높이 샀던 거니? 나도 좋아하는 젊은 친구 있어. 난 현진이가 좋아. 김현진.[27]

고종석 다들 명민하고 글을 잘 쓰는 친구들이잖아. 인성에 대해선 모르겠구.(웃음) 한윤형[28]이나 최익구[29], 노정태[30], 그리고 너와 내가 같이 좋아하는 김현진에 대해 내가 격려성 글을 쓴 적이 있지. 그 친구들의 재능이 활짝 피어나기를 바랐으니까. 흔히 에이지즘 agism, 그러니까 나이 차별주의는 젊은 세대가 늙은 세대를 차별한다는 뜻이지만, 한국은 반드시 그런 것만은 아닌 것 같아. 이기심밖에 없는 늙은 세대가 자기들에게 유리한 투표 행태와 이상한 연대의식으로 젊은 세대의 앞길을 막고 있는 게 아닌가 싶어. 나는, 비록 늙었지만 젊은 세대 편이거든. 그 친구들에겐 젊음이라는 신체자산이 있지만, 그 나머지는 다 중년 이후의 세대가 움켜쥐고 있으니까.

27 김현진, 칼럼니스트, 작가
28 한윤형, 자유기고가
29 최익구, 자유기고가
30 노정태, 자유기고가

좋게 쓰이는 열정과
차가운 삶

황인숙 우리가 늙긴 늙었나 보다. 청년들에게 깜빡 죽고 한 수
접어주니까. 하긴 우리 정도 나이가 들면 연장자들보다 연하에
더 사람이 많지. 생생히 살아 있는 사람들. 흠, 그런데 페미니스
트를 결코 자처하지 않으리라는 말은 위험해. 다짜고짜로 '그는
자기가 페미니스트가 아니라고 한다.'로 정리 당할 수 있거든.

아무튼 『그래서 나는 페미니스트가 아니다』를 읽으면서 자
주 네가 트위터에서 처했던 상황이 떠오르곤 했어. 가령 '우리
는 전혀 도전받지 않는 쪽을 더 좋게 생각할 수 있지만, 나에게
동의하는 사람만 주변에 두면 사고가 퇴화한다. (……) 분노하
면 기분이 좋아질지는 몰라도 실체가 없는 분노의 악순환이라
는 진창에서 더 논의가 나아가지 않는다.' 이런 구절에서도. 그
이들은 왜 네가 도발한다고 생각했을까? 인용한 구절의 뒷부
분처럼 '분노하면 기분이 좋아'져서일까?

야, 이러다 나 배신자로 찍히겠다.(웃음) 난 정말 진상이 알
고 싶을 뿐인데. 어쩐지 내가 남자인 너와 한통속으로 두루뭉
실 넘어가는 모양새 같아서 걸리네. 쩝… 에마 왓슨 편지 건
으로 너를 공격했던 사람들의 입장에서 너를 한번 공격해봐

줄래? 그러면 내가 좀 속이 시원할 것 같다. 어떤 여성 페미니스트들은 페미니즘 운동에 대한 남자 의견 같은 건 알고 싶지도 않아 하는 건 같더라만.

고종석 음… "에마 왓슨느님 같은 세계적 스타 페미니스트가 동아시아에 웅크리고 있는 무명의 글쟁이만큼도 페미니즘을 모를까 봐 지금 한바탕 맨스플레인 강연을 하신 거야? 에마느님 같은 저명 페미니스트만이 아니라 우리 평범한 여자들도 당신보다는 페미니즘에 대해 잘 알고 있어. 왜냐하면 우리들 여성은 여성혐오로 오염된 이 세상의 비참을 직접 겪으며 살아왔거든. 몸에 새겨진 것보다 더 강렬한 경험이나 깨우침이 있다고 생각하는 거야? 페미니스트 코스프레를 하는 당신네들 남자는 그저 말, 말, 말뿐이지. 한번이라도 실천을 해 봐. 집안 살림과 육아를 여성 파트너와 공평하게 나누고, 고위 공직과 거대기업 이사 자리가 당신들보다 능력 있는 여성동료에게 돌아가게 놔둬 봐. 눈앞에서 여성을 희롱하거나 추행하는 남자에게 따귀라도 한번 날려 봐. 당신이 그럴 수 있으면서도 항심을 유지할 수 있다면 내가 조금은 당신을 친 여성파로 인정해 주지. 스스로 여성의 입장이 돼 보란 말이야! 그리고 여성의 입장에서 실천해 보란 말이야. 그럴싸한 말은 이제 지겨워!", 이 정도? 생각해 보니 내 페미니즘의 모자람 때문만이 아니라 내 보잘 것 없는 사회적 신분 때문에 실천에 옮길 수 없는 페미니즘적 싸움도 있군. 아무튼 나는 적어도 페미니스트를 자처하지는 않으니까, 그걸로 나 자신을 방어함.(웃음)

황인숙 음, 아쉬운 대로 뭐…. 말본새가 좀 삐딱하지만(웃음), 본질은 짚은 거 같네. 사실 너에 대한 공격 글을 읽으면서 내가 전혀 맘이 가지 않았던 게, 심지어 입술을 삐죽였던 게 지금 생각해 보니까, '너 따위가 감히 에마 왓슨 같은 스타한테' 운운하는 조롱에 찬 표현 탓이 큰 거 같아. 그건 감정에 찬 저열하고 부당한 반응이야. 피차 감정싸움을 하다 보면 진지하게 짚어야 할 논점이 흐려지잖아.

그런데 페미니즘 문제에 집중하면 여성들이 감정적이 되지 않을 수 없긴 해. 너 그거 몰랐을 거야. 나도 얼마 전에 한 젊은 여성과 얘기하다가 퍼뜩 깨달은 거야. 아기시절부터 인생에 관록이 생기기 전까지, 크게든 작게든 한번이라도 성추행을 당한 적이 있는 여성이 전여성의 90퍼센트는 넘을 거라는 거. 어떤 사회 계급에 속하건 말이야. 그 젊은 여성도 100프로 동의했어. 그이도 그렇고 나 역시 피해 당사자인데, 우리는 각자 개인적 사건이라고만 여겨왔거든. 절대 아니더라. 장구한 세월 동안 일상적으로 노동력 착취나 기회 박탈이나 능력 인정 차별을 당하는 건 물론, 성적 폭력의 위험이 기본이니까 급진적 페미니스트라면 성차별보다 계급차별이 더 심각하다는 생각의 기미만 보여도 화가 날 수 있어. 그들은 아마 너를 진보적 지식인으로 인정했었기 때문에, 페미니즘 문제에도 진보적 통찰을 할 줄 알았다가 기대에 미치지 않아서 화가 난 걸 거야. 여성의 능력이 합당한 성취를 이루는 시스템이 정비되면, 여성에 대한 존중심이 생겨서 원치 않는 성적 폭력도 줄어들게 될까? 그런데 능력 없는 여성도 자기 신체에 대한 권리를 존중 받아야 하는 거 아닐까? 미안! 내가 말이 너무 길었네. 듣다가 지쳤겠다.

고종석 지치긴. 많이 배우고 있어. 방금 너 나한테 우먼스플레인한 거지?(웃음) 90퍼센트라… 놀라운 수치군. 그런 한편, 나는 진보적이지도 않고 지식인도 못 되지만, 진보적 지식인이 계급 모순보다 성 모순을 더 중시해야 한다는 생각은 좀 이상하군. 그렇더라도 자기 신체에 대한 권리는 존중 받을 게 아니라 마땅히 보장 받아야지. 사고(思考)도 감정도 신체의 일부야. 문화가 바뀌려면 다중의 인식이 먼저 바뀌어야 할 텐데, 아니, 그 거꾸론가, 서로 영향을 주고받으며 동시에 변하는 거겠지, 어쨌든 에마 왓슨처럼 사회적으로 성공한 여성이 변화의 선두에 선다는 건 좋은 일이지. 내가 페미니즘에 대한 깊은 통찰을 한 사람이어서 혜안으로 어떤 비전을 제시해 줄 수 있었으면 더없이 좋았겠지.

황인숙 더 얘기 나누고 싶은데, 내가 페미니즘에 대해 예리하게 물을 만큼 학습이 안 돼 있네. 환기 좀 하자. 무지갯빛 말고 또 좋아하는 빛깔은?

고종석 네가 아까 거론했던 파랑도 좋아하지.

황인숙 왜?

고종석 그게 민주당 빛깔이어서는 아니고.(웃음) 그렇다고 〈러브 이즈 블루Love is Blue〉라는 노래에서처럼 파랑이 우울한 빛깔이어서도 아니고. 나는 우울증을 벗어나고 싶은 우울증 환자잖아.(웃음) 아까 말한 노래 〈오버 더 레인보우〉에서도 무지개 저편은 파랑새가 푸른 하늘을 날아다니는 곳이잖아.(웃음) 사실은, 그게 하늘빛이기도 하고 바다빛이기도 하니까. 어려서 인상 깊게 본 영화 가운데 〈태양은 가득히〉와 〈졸업〉이 있는데, 그 영화들의 푸른빛 이미지가 좋았어. 〈졸업〉은 너도 알다시피 19금 영화인데, 나는 중학생 때 종로2가 뒷골목에 있던 아카데미 극장에서 봤어. 그때 이미 아카데미 극장은 개봉관이 아니었고, 동시상영도 하고 그랬어. 〈졸업〉에서 가장 인상 깊었던 건, 로빈슨 부인, 그러니까 캐서린 로스의 엄마를 한국어 자막에서 캐서린 로스의 숙모로 번역한 거였어. 내가 성적으로 보수적이어서 그런지 그건 이해가 갔어. 자기 엄마의 섹스 상대였던 남자와 결혼을 한다는 게 이해가 돼? 나는 미국 기준으로도 지나치다고 평가받을 것 같은데.

황인숙 그건 그래. 나는 〈졸업〉을 사이먼과 가펑클의 노래들로만 기억해. 내게 그 영화는 사이먼과 가펑클의 음악 영화야.

고종석 그 노래들 끝내주지. 〈침묵의 소리(The Sound of Silence)〉, 〈로빈슨 부인(Mrs. Robinson)〉, 〈스카보로 시장(Scarborough Fair)〉 등. 내가 아주 좋아하는 노래들이야.

황인숙 나도 그래. 그리고 〈태양은 가득히〉 좋았지. 그런데 그 영화 무대가 바다 한가운데와 바닷가지만, 내게는 푸른빛 이미지보다 오히려 백색 이미지로 남아 있어. 아, 알랭 들롱 눈동자가 사파이어처럼 파랬지. 근데 파랑은 차가운 색 아냐?

고종석 우리가 그렇게 배웠지. 색상표에서도 차가운 색을 대표하고. 그런데 내가 차가운 사람인 거 몰랐어?(웃음)

황인숙 차가운 색 좋아한다고 차가운 사람인가 뭐? 그리고 넌 안 차가운데. 너랑 있으면 너무 뜨거워서 데일까 봐 걱정되던데.

고종석 이 인터뷰는 이렇게 농담 톤으로 가는 거야?

황인숙 농담이 아니라니까. 넌 아주 뜨거운 사람이야. 그걸 네 이성으로 절제하고 있을 뿐이지. 너는 정말 그걸 모르니?

고종석 그런가? 그런 거 같기도 하다. 아니, 들킨 건가? 나한테 낭만주의적인 구석이 있긴 하지. 사실은 많지. 네가 맞어. 내가 아까 센티멘털리즘이라고 표현한 기질. 숨겨진 열정 같은 거. 그렇지만 그게 쓸모없을뿐더러 다소 위험하다고 생각하니까 표출을 안 하는 것 같기도 해. 안 하려고 노력하지.

황인숙 그게 왜 위험한데?

고종석 물론 좋게 쓰이면 열정은 사회를 개선할 수 있겠지. 그렇지만 나쁘게 쓰이면, 더구나 그 열정이 강렬하고 집단적이라면, 사회에 파멸을 가져오겠지. 이탈리아나 독일의 파시즘 운동이나 중국문화대혁명 같은 것도 그런 집단적 열정의 소산 아냐? 따지고 보면 나는 프랑스대혁명도 그런 나쁜 예라고 생각해.

황인숙 좋게 쓰면 될 것 아냐?

고종석 그게 뜻대로 되기 쉽지 않아. 한번 휩쓸리게 되면, 그 방향과 강도를 조절할 수 없는 게 열정이니까.

황인숙 그러니까 네 뜨거움을 눌러 앉히고 앞으로도 차갑게 살 생각이야?

고종석 그러기를 바래. 그렇지만 사람 앞날을 누가 알겠니? 내가 선동가가 될지도 모르지.

황인숙 그래, 네 글에는 선동성이 없지. 난 그게 참 좋아. 찬찬히 논리를 따라가는 거.

고종석 그걸 싫어하는 사람들이 훨씬 더 많지. 내 글은 카타르시스를 시켜주지 않으니까. 그렇지만, 애쓰면 선동글을 쓸 수도 있을 것 같아. 아룬다티 로이 같은.

황인숙 아, 네가 아룬다티 로이 글 좋아하지. 나도 그 여자 글 괜찮더라.

고종석 응, 내가 알고 있는 범위에선 최고의 선동가, 선전가라고 생각해. 『상식』을 썼을 때의 토마스 페인 이후로. 페인은 아메리카 식민지의 영국인들에게 처음으로 대서양 건너편 브리튼 섬에 살고 있는 왕은 당신들의 왕이 아니라고 선동했지. 아룬다티 로이는 미국 한복판에서 미국 대통령과 지배계급을 비판했지. 물론 페인이 더 용기 있는 사람이었지. 아룬다티 로이는 페인과 달리 반역자로 몰릴 위험은 없었으니까. 버트런드 러셀이 어느 글에선가 썼듯이, 페인은 영국의 반역자였고, 자신이 열정적으로 참여했던 프랑스혁명의 와중에도 반혁명분자로 몰렸고, 자신이 독립에 크게 기여한 미국의 초대대통령 조지 워싱턴으로부터도 푸대접 받았지. 참 기구한 삶을 산 사람. 그렇지만 열정적으로 글을 쓴 사람.

황인숙 너도 그런 글을 쓰고 싶어?

고종석 절필한 사람한테 무슨 소리야? 그런데 만약에 다시 글을 쓰게 된다면 한번 그런 글을 쓰고 싶긴 해. 미약하나마 세상을 움직일 수 있는 글. 글이 세상을 바꿀 수 있다는 데 난 회의적이지만, 선동 선전 글은 그런 힘이 조금은 있지.

황인숙 기대되는군. 세상을 움직이려면 자기 자신이 먼저 움직여야겠지.

고종석 아마 글 쓸 일 없을 거야.

황인숙 확언하지 않는다는 건 글을 쓰고 싶다는 말로 들리는데.

고종석 그건 네 맘대로 해석해.

황인숙 그런데 네가 프랑스대혁명에 대해 부정적으로 생각한다는 게 참 흥미롭네.

고종석 나는 일반적으로 혁명을 두려워해. 특히 프랑스대혁명처럼 전 국토에 피를 낭자하게 흘린 유혈혁명을. 프랑스도 영국처럼 점진적 혁명을—점진적 혁명이라는 게 말이 되는지는 모르

겠다만—점진적 혁명을 수행했다면 피흘림을 훨씬 덜 겪고도 추구하는 바를 달성했을 거라고 생각해. 프랑스대혁명의 그 전면성과 급진성 때문에 어떤 정치학자는 영국혁명을 정치혁명으로, 프랑스혁명을 사회혁명으로 구분했더라만. 물론 프랑스대혁명은 인류사에 큰 흔적을 남겼지. 그것도 단번에. 한마디로 요약하면 단번에 신분제를 폐지해 버렸지. 세속주의와 미터법이라는 유산을 후대에 남기기도 했고. 정말 열정적인 혁명이었지. 당시에 혁명광장이라고 불렸던, 지금의 콩코르드광장에 들어선 단두대에서 잘려나간 수많은 머리통들이 그 열정의 소산이었지.

그런데 난 루이16세나 마리 앙투아네트를 포함해 그 많은 사람들을 굳이 단두대에서 죽여야 했는지 모르겠어. 그래서 열정이 무섭다고 말하는 거야. 열정 없이 위대한 일은 이뤄지지 않지만, 그 열정이 피바다를 만드는 경우도 흔하니까. 내가 에드먼드 버크의 영향을 너무 심하게 받았나?(웃음) 그렇지만 나는 버크보다는 왼편에 있는 사람이지. 아무튼 1871년의 파리코뮌에 대해서도 나는 부정적이야. 베르사유 쪽 편을 든 기득권자들이든 파리의 노동자들이든, 너무나 많은 사람이 죽었으니까. 그건 마르크스주의 운동의 역사에서는 많은 페이지를 할애 받겠지만, 프랑스에 너무나 큰 타격을 줬어. 쓸데없는 내전이었지. 혁명과 열정 얘기는 이쯤에서 멈추자.

좋은 시를 읽는 것은
섹스를 하는 것과 같다

황인숙 오케이. 좋아하는 연예인 있어?

고종석 한국사람? 아니면 외국사람?

황인숙 다.

고종석 생각해 보자. 배우 몇 사람이 떠오르네. 외국인으론 니콜 키드먼과 이자벨 아자니. 한국인으론 윤여정 선생님과 문근영 씨. 아참, 아까 말한 〈졸업〉의 캐서린 로스는 오랫동안 내 마음 속 연인이었어. 중학생으로서 그 영화를 볼 땐 최고의 미녀로 보였거든. 그런데 나중에 자라서 친구들한테 그런 말을 하면 그런 떡대가 뭐가 좋으냐고 핀잔을 주더라구. 캐서린 로스의 어깨가 넓잖아. 내 눈에 문제가 있다는 식이었지. 작년엔가 케이블티비에서 〈졸업〉을 내보내줘 봤는데, 어렸을 때 그이를 미녀로 본 내 눈에 과연 약간 문제가 있었더라. 미녀는 미녀이되, 최고의 미녀는 아니더군. 아, 이런 말 하다가 페미니스트들한테 작살나겠네. 방금 말은 취소!

황인숙 다 여자들이네. 남자배우는 없어? 예전에 소지섭 좋다고 했잖아?

고종석 없어. 이젠 없어.

황인숙 왜?

고종석 '왜'가 어딨어? 내가 남자들을 숭배하지 않으니까 그렇지.

황인숙 여자는 숭배하기까지 해? 하긴 넌 『여자들』이라는 책도 냈지. 왜 여자를 좋아한다는 걸 그렇게 떠벌리고 다니니?

고종석 그게 사실이니까. 난 남자들이랑 있을 때보다 여자들이랑 있을 때 더 편해. 속내를 털어놓은 것도 주로 여자들한테지. 지금도 너랑 있으니까 아주 편해.

황인숙 내가 네 친구라서가 아니라 여자라서?

고종석 물론 네가 친구라서 편한 거지. 그것도 아주 친한 친구라서 정말 편한 거고, 근데 여자니까 정말정말 편한 거지. 변

정수 씨의 책 제목을 인용하자면, 나는 '남자의 몸에 갇힌 레즈비언'인가 봐.(웃음)

황인숙 (웃음) 레즈비언이라서 여자들만 좋아하는구나. 나는 레즈비언 아닌데, 아닌 것 같은데, 나도 여자가 더 좋아. 더 편하고. 여자들은 남자들보다 덜 지루해. 그런데 넌 어떤 여자들을 좋아해? 네가 『여자들』에서 거론한 사람들 말고.

고종석 일단 황인숙.

황인숙 그건 당연한 거구. 나 말고. 좀 이름이 알려진 사람들 중에선.

고종석 너도 이름이 좀 알려진 사람이야. 사실은 많이 알려진 사람이지. 그걸 정말 몰라?(웃음) 직업과 상관없이?

황인숙 응.

고종석 글쎄, 일본 대사를 지낸 캐롤라인 케네디. 시인 문정희 선생, 한국 최초의 우주인 이소연, 소설가 김숨과 일러스트레이터 선현경. 무수히 많을 텐데 얼른 떠오르진 않네.

황인숙 응, 네가 김숨 예뻐하는 건 알아. 근데 김숨 소설 읽어 보기나 했니? 넌 소설을 거의 안 읽잖아.

고종석 아니, 한 편도 안 읽어 봤어. 그냥 김숨이란 사람이 좋은 거야.

황인숙 어이없군. 요즘엔 소설을 아예 안 읽니?

고종석 그런 것 같네. 글쎄, 일 년에 두세 편 정도는 읽을지도 모르지만, 암튼 안 읽어. 그래도 시는 열심히 읽지.

황인숙 시는 왜 읽어?

고종석 짧으니까. 그리고 말에 밀도가 있으니까. 게다가 상상력을 자극하니까. 난 스토리보다 말에 더 애착을 지녔나봐. 산문도 가끔은 그렇지만 좋은 시를 읽으면, 섹스를 하는 것 같아. 미당 선생 같은 옛날 사람 시든, 강정 같은 젊은 친구의 시든. 하긴 강정도 이제 젊지는 않구나.

황인숙 말과의 섹스?

고종석 응. 말에서 일종의 오르가즘을 느끼는 거야. 정확히 말하면 말을 음미하면서.

황인숙 그래, 말에는 그런 힘이 있지. 너 같이 언어에 민감한 사람은 더 자극이 강할 거야. 너, 시 써라. 잘 쓸 거 같아.

고종석 내가 성적으로 좋아하는 사람이 있다고 해도 내가 그 사람이 될 수 있는 건 아니지. 다만 그 사람을 좋아할 수 있을 뿐이지. 게다가 그 사람은 여자고. 고로 나는 시를 쓸 수 없지. 내 소설 속에다가 내가 쓴 시를 집어넣은 적은 있지만.

황인숙 기억난다. 그런데 좋아하는 남자는 아무리 생각해 봐도 없어? 그런데, 미당 선생이고 강정 씨고 다 남자잖아?

고종석 그 사람들의 인격을 좋아하는 게 아니라 시를 좋아하는 거니까. 아까 말했듯 작가와 작품은 분리되니까. 작품 속에서 그림자로서의 작가는 미화되니까.

황인숙 네가 그렇다 그랬었지? 그런데 좋아하는 남자는 정말 없어?

고종석 친구들 몇이 있지. 너도 아는 친구들. 근데 가장 좋아하는 남자는, 돌아가셨지만, 김대중 대통령이야.

황인숙 왜?

고종석 그냥.

황인숙 그분이 전라도 분이어서?

고종석 어쩌면.

황인숙 다른 이유는 없단 말이야?

고종석 많아. DJ가 전라도 사람이라는 건 내가 그 양반에게 친밀감을 느끼는 한 가지 이유일 뿐이지. 그이가 전라도 사람이어서 좋아한다면 내가 좋아하는 남자는 정말 많겠지. 내가 그양반을 좋아하고 존경할 이유는 수도 없이 많아. 그렇지만 정치 얘긴 더 하고 싶지 않네. 암튼 난 DJ가 대한민국 현대 정치사에서 가장 우뚝한 사람이라고 생각해. 20세기 전반기의 몽양 여운형 선생과 함께. 말하자면 DJ는 거인이었지. 그분에 비하면 노무현 같은 이도 거인의 어깨 위에 올라탄 난쟁이에 불과해. 여기서 거인이란 당연히 DJ를 말하고. 아, 또 난쟁이란 말을 썼다. 왜소증을 앓고 계신 분들께 사과드립니다!

황인숙 김대중 선생님에 대한 네 감정과 느낌, 나도 동감해. 좋아하는 정치인은 더 없어? 달리 없다면 좋아하는 부분이랄지, 살 만한 부분은? 가령 문재인의, 안철수의, 또 누가 있을까⋯ 정동영의, 노회찬 씨는 작고했고, 심상정, 이재명, 박원순 등등의 정치인으로서의 매력을 끄집어내 봐. 정이 가서 안쓰러운 부분이랄지.

고종석 이젠 다 내가 그리 좋아하지 않는 사람들이네. 꼭 좋아하지 않는다기보다 무관심한 사람들이지. 내 감정의 격동을 끌어내지 못하는 사람. 정동영 씨는 본인 체질도 아닌 것 같은데 너무 왼쪽으로 가버렸고, 심상정 씨나 돌아간 노회찬 씨는 젊어서 하던 사회주의 운동의 열매를 따먹은 사람들이고, 박원순 씨 역시 외화내빈. 안철수 씨는 이상한 고집 부리다가 너무 망가졌고, 이재명 씨는 소문의 진위를 모르겠고. 그런데 정치인 가운데 내 감정의 격동을, 부정적 격동을 강하게 끌어내는 사람이 있어. 현역 정치인은 아니지만 Y씨가 그래. 나는 Y씨를 21세기 한국정치를 망가뜨리는 데 아주 커다란 기여를 한 사람으로 봐. 소위 Y빠들은 반대로 생각하겠지만. 긴 흉은 보지 않을게. 공자께서 말씀하셨지. 교언영색巧言令色이 선의 인鮮矣仁이라고. 현대 한국어로 해석하자면 '그럴듯하게 꾸민 달콤한 말과 부드러운 듯이 꾸민 반질한 얼굴에는 어짊이 적도다.' 정도 되려나. 그게 Y야. Y씨 얘기 끝! 정치 끝!

황인숙 심상정 씨 말고는 언급하는 여성 정치인이 없구나. 전에는 추미애 씨 좋아했잖아? 이정희 씨도. 난 신지예[31] 씨 좋더라. 사실 무심히 지나칠 뻔했는데, 그이가 지난 선거에서 서울시장 후보로 나섰을 때 벽보 사진이 시건방지다나 어쨌다나 입에 오르면서 벽보가 훼손되기도 했잖아. 그래서 벽보 지나칠 때 유심히 봤지. 참! 어이가 없더라. 상큼하고 이쁘기만 하더라! 그런 벽보를 훼손하니까 '워마드'니 '메갈'이 생기는 거

31 신지예. 2018년 제7회 전국동시지방선거 녹색당 서울시장 후보. '페미니스트 서울시장'이라는 슬로건을 내걸었음.

야. 아무튼 의도치 않은 노이즈 효과로 신지예 씨한테 주목하게 됐어. 내가 요즘 정치에 통 흥미가 없어서 무슨 맥락에서 나온 것인지는 모르지만, '문재인 재기하라' 이런 말을 신지예 씨가 했다지. 그건 대실망! 아주 드문 실수이기를. 까딱하다가는 만나보기도 전에 이별하겠어.

고종석 심상정 씨 이름은 네가 먼저 꺼낸 거야. 나는 수동적으로 답변만 한 거지. 그리고 내가 알기로 '문재인 재기', 그 말은 신지예 씨가 한 게 아니라, 급진적 페미니스트들의 혜화역 시위에서 그 구호가 나온 걸 사람들이 비판하니까 신지예 씨가 그 구호를 옹호한 거지. 그게 그건진 모르겠다만.

지옥으로 가는 길은
선의로 포장되어 있다

황인숙 아, 정말? 휴, 다행이다! 다시 잡다한 얘기로 돌아가지. 혈액형이 뭐야?

고종석 혈액형? 그 유명한 B형 남자.

황인숙 연애하기 힘들다는?

고종석 상대방이 힘들겠지.

황인숙 B형 남자들이 연애하기 힘들다는 건 알 수 없는 일이지만 적어도 자기를 그렇다고 생각하는 건 확실하구나. 연애는 많이 해 봤어?

고종석 많이는 아니고 조금.

황인숙 어떤 사람들이었어?

고종석 어떤 사람들? 뭔가 나를 매혹하는 데가 있는 사람들이었겠지. 직업군으로 따져보면, 대학원생, 라디오 방송 기자, 출판사 직원 등등. 라디오 방송 기자라는 데서 눈치챘을지 모르겠지만, 이 사람은 외국인이야. 한국인 가운데 라디오 방송 기자는 드물지.

황인숙 몰랐던 사실이야. 우리나라에는 라디오 방송 기자가 없다구? 어느 나라 사람이었는데?

고종석 노코멘트. 한국에 왜 라디오 방송 기자가 없겠어? 그렇지만 외국처럼 라디오 방송이 흔칠 않으니까.

황인숙 혈액형이 성격과 관련이 있다는 걸 믿긴 하는 거네.

고종석 아니, 안 믿어. 하도 B형 남자에 대해 말이 많으니까 해 본 소리지. 나는 과학자는 아니지만 과학을 신뢰해.

황인숙 어떤 과학자들은 혈액형과 성격 사이의 관련을 믿는걸.

고종석 사이비 과학자들이지.

황인숙 사주도 안 믿어?

고종석 안 믿어. 나는 내 사주도 몰라. 어머님도 아버님도 내가 태어난 날까지만 기억하시지 시를 기억 못하시거든.(웃음)

황인숙 관상이나 손금이나 점성술을 비롯해 모든 점을 안 믿어?

고종석 안 믿어.

황인숙 풍수는?

고종석 안 믿어.

황인숙 신은 믿니?

고종석 너도 잘 알잖아. 당연히 안 믿어. 미신이 '혼미한 믿음'이라는 뜻이라면 모든 종교가 미신이지. 아니, 신이 있을지도 모르지만 십상팔구 없을 거야. 아까 말했듯, 신이 없다는 걸 증명하는 건 불가능하지. 증거의 부재가 부재의 증거는 아니니까. 그렇지만 신이 있다고 하더라도 종교인들이 생각하는 인격신은 아닐 거야.

황인숙 그럼 넌 뭘 믿니?

고종석 글쎄, 어떤 우주의 법칙, 자연의 이법 같은 건 있다고 생각해. 물리법칙 말이야. 근데 그건 물리학자들의 소관이니 내가 알 수는 없지. 사실 물리학자들도 그 법칙의 아주 일부분만을 알고 있을 뿐이고.

황인숙 그러니까 사후세계는 없는 거야?

고종석 너도 그렇게 생각하면서 뭘 굳이 물어보니? 당연히 없지.

황인숙 신도 사후세계도 없다는 믿음이 퍼지면 세상의 윤리는 엉망이 되지 않을까?

고종석 그러리라고 생각하지 않아. 호모 사피엔스 사피엔스에게는, 비록 내가 그들을 경멸하기는 하지만, 이성이 있으니까. 모든 사피엔스에게 그렇다는 게 아니라 사피엔스 가운데 최소한 현명한 이들에게는. 사실 대부분의 사피엔스는 그렇지 못하지. 그렇지만 나는 외려 종교가 윤리를 타락시킨다고 생각해. 윤리의 독점은 윤리의 타락으로 이어지게 마련이니까. 한국이든 외국이든, 기독교의 신교든 구교든, 그 부패와 타락을 생각해 봐.

황인숙 그럴 수도 있겠네. 나도 개신교 신자들 행태에 눈살을 찌푸리는 일이 많아. 그런데 그건 그들이 윤리를 독점해서가 아니야. '윤리의 독점은 윤리의 타락'과는 좀 다른 맥락으로, 윤리가 없어서야.

고종석 개신교만이 아니라니까. 그건 가톨릭도 마찬가지고, 지금 세상에선 이슬람교가 제일 심하지. 한국에 이슬람교가 널리 전파되지 않은 건 참 다행이라고 생각해. 윤리의 독점이 윤리의 타락으로 이어질 수밖에 없는 건, 그게 근본주의의 가장 흔한 형태이기 때문이야. 그건 선에 대한 집착 때문이라고 말을 바꿀 수 있어. "지옥으로 가는 길은 선의로 포장돼 있다."는 서양 격언이 세상의 그런 이치를 부분적으로 드러내지. 이렇게 말해 보자. 역사 속에서 거대한 전체주의적 디자인의 설계자들을 부추긴 것이 바로 선의 관념이고, 그 선의 관념은 특히 종교인들의 내면에 완강히 남아 있지. 그래서 종교가 위험한 거야. 근년에 들어서는 특히 이슬람교. 무슬림들 가운데 과격한 이들은 반유대주의와 반미주의를 기묘하게 결합해서 '서방의 사탄화'를 일용할 양식으로 삼고 있지.

황인숙 이슬람 원리주의자들의 테러를 얘기하는 거니?

고종석 응.

황인숙 근데 그건 서방세계의 오랜 침략에 대한 반작용의 측면도 있지 않을까?

고종석 왜 안 그렇겠어? 그렇지만 어떤 대의도 민간인에 대한 무차별 테러를 정당화할 수는 없어. 그리고 테러만 얘기하는 게 아니야. 이슬람 세계의 여성인권은 끔찍하잖아. 너도 아프가니스탄이나 사우디아라비아에서 태어나지 않은 걸 다행으로 생각해라.

황인숙 잘 모르겠지만, 아마 그럴 테지. 넌 10여 년 전에 낸 『서얼단상』에다가 '한 전라도 사람의 세상 읽기'라는 부제를 붙였지.

고종석 그랬지. 그건 내가 전라도 사람이기도 해서 그런 거지만, '전라도'라는 건 하나의 상징이기도 하지. 소수파의 상징. 그 책에도 썼지만, 전라도 사람이라는 내 정체성이 내게 준 선물이 하나 있어. 그게 뭐냐면, 철들 무렵부터 난 내 눈길이 늘 소수집단한테 쏠리는 걸 느꼈어. 다시 말해서 '다수결주의'라는 의미의 민주주의에 대해 어떤 거부감 비슷한 걸 느꼈어. 철들 무렵이라는 건, 내가 전라도 사람이라는 걸 알았던 무렵, 그리고 전라도라는 기표가 한국 정치와 문화에서 독특하게 작용한다는 걸 알았던 무렵이라는 뜻이야. 그건 지금도 마찬가지야.

예컨대 어떤 학술회의에서 땅이 둥글지 않고 평평하다고 주장하는 학자들이 더 많아서 땅이 평평하다고 결론 나는 건 정말 끔찍하고 불합리하지만, 나 같은 반-민주주의자한텐 정치적, 사회적 과정에서의 다수결주의도 끔찍해. 많은 사람들이 그렇게 생각하니까 그 생각이 옳다는 생각 말이야. 그건 조선일보 독자가 가장 많으니까 그 신문의 견해가 옳다는 생각과 다름없고, 선거를 통해 합법적으로 집권해서 국민 다수의 지지를 받았으니 나치즘이 옳다는 생각과 다름없어. 그런 견해는 대중이 늘 이성적으로 판단하고 행동한다는 가정에 근거할 수밖에 없는데, 나는 대중을 신뢰하지 않아. 그런 점에서 나는 반-민주주의자지. 나는 포퓰리스트들을 경멸해. 그 포퓰리스트들의 먹이가 되는 대중을 경멸하듯. 그렇지만 진정한 민주주의는 다수결 원칙보다 상위에 있는 근본적 규범들을 포함하고 있고, 그 규범 중 하나가 소수집단에 대한 배려라고 생각한다는 점에서 나는 민주주의자야. 물론 내 이런 민주주의관에 반대할 사람이 많겠지. 그렇다면 나는 민주주의자이길 포기하고 자유주의자를 자임할 거야. 소수집단에 대한 배려야말로 자유주의의 핵심 가치 중 하나니까.

황인숙 민주주의와 자유주의는 서로 어긋나는 거야?

고종석 대개는 어긋나지 않지. 내 관점에서 자유주의자들은 민주주의자들이라고 할 수 있지. 그런데 민주주의자들이 꼭 자유주의자들인지는 모르겠어.

황인숙 그러니까 민주주의자들 가운데 일부가 자유주의자들인 거군.

고종석: 나는 그렇게 생각해.

황인숙 알겠어. 그런데 왜 책 제목을 『서얼단상』이라고 붙였어? 이건 정말 사적인 질문이지만, 네가 서얼이니?

고종석 이런 개명 천지에 적자 서자가 어딨어? 내가 법률적으로 적자이긴 해. 아버님껜 어머님 말고 다른 여자분이 없었으니까.(웃음) 그렇지만 상징적으론 내가 서얼이라고 할 수도 있지. 그 서얼이라는 말의 상징은 전라도라는 말의 상징과 비슷한 거야. 그러니까 소수자의 표상이라고나 할까? 그때 전라도나 서얼이라는 말은 장애인이나 동성애자나 이주노동자나 암튼 이런 모든 소수자를 상징하는 거야. 나는 내가 상징적 서얼이고 서얼의 눈을 지닌 걸 다행스럽게 생각해. 내가 적자의 눈을 가졌다면 세상에 서얼이, 다시 말해 소수자가 존재한다는 것조차 몰랐을 수도 있으니까.

황인숙 근데 재벌이나 독재자도 따지고 보면 소수 아니니?

고종석 내가 소수파, 또는 소수자라고 하는 건 양적 개념이 아니라 질적 개념이야. 재벌이나 독재자는 양적으로는 소수파지만 질적으로는 다수파지. 그들에겐 힘이 있으니까. 그러니까 내가 소수파라고 말하는 건 약자라는 말과도 통하지. 여성은 남성에 견줘 양적 소수파는 아니지만 질적 소수파지. 육체노동자도 자본가에 견줘 양적 소수파는 아니지만 질적 소수파고. 아까 내가 늙은 세대로서 젊은 세대를 옹호한다고 말한 것도, 지금 한국에서는 젊은 세대가 소수파이기 때문이지.

형이상학적 감각주의가 만든
낭만적 누이

황인숙 무슨 말인지 알았어. 근데 네가 남자들한테보다 여자들한테 더 호의적인 건 여성이 소수파여서 그런 건 아닌 거 같은데.(웃음)

고종석 (웃음) 꼭 그런 건 아닐지도 몰라. 다시 말해 내가 순도 백프로의 이성애자라서 그런 건지도 몰라. 내가 스트레이트로 태어난 건 내 잘못이 아니지. 누군가가 게이로 태어난 것이 그의 잘못이 아니듯. 그렇지만 여성이 소수파라는 점도 내 여성 애호의 큰 이유가 된 것 역시 사실이야.

황인숙 과연 감각이 관념을 따르는 형이상학적 감각주의자로세. 믿어줄게.(웃음) 근데 소수파 옹호는 민주주의의 원칙이기도 해.

고종석 나야 그렇게 생각하지만, 그렇게 생각하지 않는 사람이 많으니 문제라는 거지. 아무튼 다수결은 민주주의의 아주 중요한 원칙 아냐? 그리고 그 다수결이라는 건 소수파에게 불리할 수밖에 없고.

황인숙 하긴 네가 민주주의라는 말보다 자유주의라는 말을 더 좋아한다는 느낌은 진즉부터 있었어. 넌 『자유의 무늬』라는 책도 냈지만, 네 책 제목에 '민주'나 '민주주의'가 들어간 건 없는 거 같네.

고종석 맞아. 나는 세상 사람들이 생각하는 민주주의를 좀 위험스럽게 생각해. 오르테가 이 가세트가 『대중의 반란』이란 책을 쓰면서 대중이나 민주주의를 위험스럽게 생각했던 것처럼. 그렇지만 내가 오르테가 이 가세트처럼 보수적인 사람은 아니지. 나는 엘리트주의자가 아니야. 나 자신이 엘리트가 아니니까.

황인숙 넌 어떤 점에선 엘리트이기도 한 것 같은데.

고종석 세속적 기준에선 결코 아니지. 세속적 기준에선 금실이 같은 사람이 진짜 엘리트지. 경기여고 수석졸업, 전직 판사, 전직 법무법인 대표, 40대 중반에 법무부 장관, 이런 견장 일습이 있어야지.(웃음)

황인숙 인정할게. 얘기가 자꾸 정치 쪽으로 돌아가네.

고종석 정치라는 게 인간 삶의 집적이니까 그럴 수밖에 없지.

황인숙 그건 넓은 의미의 정치고 아무튼 좀 더 자잘한 걸 물어볼게. 누이가 셋이지?

고종석 응, 셋 다 손아래.

황인숙 네 소설에 누이들이 많이 나오잖아. 첫 소설 「제망매」에서부터. 그래서 어떤 평론가는 너한테 누이 콤플렉스가 있다는 말도 했지. 정말 그런 거니?

고종석 원래 누이 콤플렉스라는 말은 돌아가신 김현 선생이 초기 고은의 시를 읽으며 고은 선생한테 붙였던 딱지잖아. 사실 고은 선생한텐 누이가 없지. 그 분 시에 나오는 누이들은 다 상상 속의 누이고. 근데 난 누이가 실제로 있잖아. 친누이만 셋이고 사촌까지 합하면 스물은 넘을 걸. 근데 무슨 누이 콤플렉스가 있겠어? 누이들한테 치이면서 자랐다.

황인숙 와, 스물! 그런데 왜 소설 속에 누이를 그리 자주 등장시키는 거야?

고종석 그러고 보니 그러네. 장편 『해피 패밀리』만이 아니라, 「제망매」, 「누이생각」, 「엘리아의 제야」, 「사십세」 같은 단편에 다 누이나 누이들이 나오네. 글쎄, 정말 나한테도 누이 콤플렉스가 있는 걸까. 현실 속의 누이들이 그리 낭만적이지 않아서, 낭만적 누이들을 소설에 등장시키는 건지도 모르지.

황인숙 낭만적? 그래 맞아. 네 소설 속의 누이들은 대개 오라비들과 우애 이상의 감정을 가지고 있지. 연애 감정에는 미달할지 몰라도, 암튼 연애 감정 비슷한 것. 아, 그러고 보니 『해피 패밀리』에서는 아예 연애를 하는구나. 근친상간으로까지 나가니까.

고종석 그 말 듣고 보니 내게 누이 콤플렉스가 있는 것 같기도 하다. 그런데 나한텐 내 주위 여자들이 다 누이 같아. 그러니까, 가깝게 지내는 여자들 말이야. 너도 마찬가지고.

황인숙 지금 나한테 연애 거는 거야?(웃음)

고종석 (웃음) 그럴지도 모르지.(웃음) 농담이고, 암튼 넌 누이 같아. 그런데 내가 돌보아 줄 누이가 아니라 날 돌보아 줄 누이. 내가 더러 너한테 응석도 부리고 그러잖아.

황인숙 그렇지. 넌 정서적으로 좀 더 독립적이어야 해.

고종석 공평하게 말하자면 난 충분히 독립적인 것 같은데.

황인숙 근데 왜 나한테 응석 부리고 그래?

고종석 그건…… 야, 모르겠다. 패스!(웃음)

언어수집가의
컬렉션 리스트

황인숙 몇 나라 말이나 할 수 있어?

고종석 그건 뭐라고 말하기 어렵네. 읽고 쓰고 말하는 데 불편함이 없는 언어는 한국어 하나뿐이야. 뇌출혈을 겪은 뒤론 한국어도 글쓰기는 어렵지만.

황인숙 의사소통을 할 수 있는 언어가 몇이나 되냐구.

고종석 그것도 말하기 쉽지 않아. 어떤 언어에 어느 정도 익숙해져야 그 언어로 의사소통을 할 수 있다고 말할 수 있는지가 모호하니까. 중학교 때 이래 손을 댄 언어는 많지. 독일어와 불어를 처음 독학한 게 중학교 1학년 겨울방학 때였으니까. 기초학습서를 읽고, 단어장을 만들어 단어를 외우기도 했어. 봉주르 므슈, 데어 히멜 이스트 블라우.

황인숙 '봉주르 므슈'라는 불어는 무슨 말인지 알겠고, '데어 히멜 이스트 블라우'는 뭐야?

고종석 '하늘은 푸르다.'라는 뜻의 독일어. 내가 하늘의 푸른색을 좋아한다고 했잖아.(웃음)

황인숙 그 어린 나이에 왜 그런 쓸데없는 짓을 했어?

고종석 그냥. 호기심이 있었어. 아니 허영심이라고 하는 게 더 옳으려나?

황인숙 그래서 그 뒤 어떤 언어들에 손을 댔어?

고종석 손을 댔다는 게 그냥 학습서 앞부분을 읽어봤다는 뜻이라면 좀 많기는 해. 어디 보자, 기억나는 대로 대강 순서를 떠올려보면, 에스페란토, 고전 아랍어, 러시아어, 스페인어, 일본어, 중국어, 라틴어, 고전 그리스어, 이탈리아어, 포르투갈어, 루마니아어 정도? 아, 재작년엔가 헝가리어에 손을 댔다가 한 달 만에 포기했어.

황인숙 과연 언어학자답군.

고종석 언어학은 외국어를 배우는 학문이 아니야. 물론 언어학자 가운데 수많은 언어들에 능통했던 사람이 더러 있는 건 사실이지만. 언어학자가 아닌 사람 가운데도 수많은 언어들에 능통했던 사람이 더러 있지.

황인숙 알았어. 그런데 늦은 나이에 뚱딴지같이 헝가리어는 왜?

고종석 그냥. 그 나라에 날 끄는 뭔가가 있었어. 아니, 부다페스트라는 도시에 날 끄는 뭔가가 있었어. 내가 처음 도나우강을 본 것도 부다페스트였고, 너랑 같이 본 영화 〈글루미 선데이〉의 배경도 부다페스트잖아.

황인숙 응, 정말 영화 속의 부다페스트는 예쁘더라.

고종석 그게 카메라의 마술이지. 부다페스트가 실제로 그렇게 예쁘지는 않아. 프라하가 예쁘지.

황인숙 프라하 예쁘다는 얘긴 네가 참 많이 했지. 암튼 그 많은 언어를 익히려고 시도했단 말이야? 대단하네.

고종석 응. 어이없기가 대단하지. 그렇지만 다 깐만 보고 만 언어들이야. 제도교육을 통해서, 그러니까 학교에서 배운 언어는 순서대로 영어, 독일어, 불어, 고전 아랍어, 러시아어, 라틴어뿐이야. 그 가운데 그나마 내가 할 수 있다고 말할 수 있는 언어는 불어와 영어뿐이고. 나머지는 학원엘 다니거나 독학을 시도하다 포기했지. 일본어와 중국어는 외국어 학원에서 몇 달 배우다가 포기했고, 고전 그리스어, 포르투갈어, 루마니아어는 독학으로 기초학습서를 훑다 말았어. 이탈리아어는 그래도 뒤늦게 좀 파고 들었구나. 아까 말했듯, 이탈리아어판 『어린 왕자』도 읽었으니까. 아, 이탈리아어로 에릭 시걸의 『남자, 여자, 그리고 아이』도 읽었지. 영어판으론 못 읽었는데. 이탈리아어판 『장미의 이름』도 지니고 있는데, 그건 엄두가 안 나 읽지 못했어. 재작년엔가 움베르토 에코 선생이 돌아가셨을 때, 『장미의 이름』을 원어로 못 읽은 게 좀 아쉽더라. 스페인어도 처음엔 외국어 학원에서 배우기 시작했는데, 어떤 계기가 있어서 좀 깊이 공부하게 됐지.

황인숙 계기라는 건 그 펜팔? 수사나?

고종석 응. 그 친구와 펜팔을 하느라 한 달에 두 번 이상 기다란 편지를 스페인어로 써야 했지. 그러면 두 번 이상 기다란 답장이 왔고. 그 친구가 보낸 스페인어 편지는 늘 나한테 큰 트레몰로tremolo[32]를 일으켰어. 처음 편지를 주고받기 시작했을 때, 그 친구는 고등학생이었고, 편지 주고받기가 끝났을 때 그 친구는 그라나다대학 의학부 학생이었지. 그 친구에 대한 얘기는 내가 『어루만지다』라는 19금 도서에 비교적 상세히 썼으니, 여기까지!

황인숙 우리 하이틴 때였던가? 〈스잔나〉라는 홍콩영화던가?

---

32 이탈리아어로 음 또는 화음을 빠르게 떨리는 듯 되풀이하는 연주법. 주로 기악에 사용.

히트였지. 아니, 그건 진추하 주연의 〈사랑의 스잔나〉구나. 리칭 주연 〈스잔나〉는 더 어렸을 때 들어온 영화였고…. 그럼 스페인어는 편해?

고종석 편한 외국어는 없다니까. 그렇지만 군이 편한 정도를 따지자면 스페인어가 영어 정도로는 편해. 그리고 네가 〈사랑의 스잔나〉 얘길 하니 생각난다. 진추하가 배우일 뿐만 아니라 가수이기도 하잖아. 내가 그이를 직접 본 얘기 안 해줬던가? 몇 년 전엔가 광화문 교보 한편에 사람들이 줄을 서 있길래 뭔가 하고 끼어들어 봤더니, 진추하 씨가, 진짜 진추하 씨가 자기 노래 CD 판촉을 하며 사인을 해주고 있는 거야. 내가 연예인을 직접 본 게 몇 번 안 돼서 그런지, 정말 신기하더라.

황인숙 그런 일이 있었구나. 교보 사인회라니. 좀 오래된 일인데, 광화문 교보 뒷골목 초입에 있던 버거킹에 갔을 때 웬 청년이 네게 사인 받던 생각 나. 나중에 알고 보니 걔가 익균이[33]였어. 너를 스친 게 반가웠는지 연신 수줍게 미소 지으면서, 그 와중에 나를 뚫어져라 봐서 당황했어. 너는 기억 안 나겠지만. 그 얼마 뒤 현이 화실에서 네 팬카페 회원들이 모여 술판을 벌였더랬어. 거기 익균이도 있었지.

고종석 다 기억나. 그런데 익균이는 내 팬이 아니라 네 팬이지.

황인숙 지금은 그런지도 모르지.(웃음) 몇 해 전에 익균이가 평론가 됐잖아. 지금 어느 계간지 편집동인이더라. 거기서 시두 편 청탁 왔어. 마감이 얼마 안 남았네. 빨리 써야지.
그런데 영어 정도로 스페인어가 편하다니 그것만 해도 대단하이. 그러니까, 불어랑 영어랑 스페인어는 편한 언어네.

고종석 굳이 말하자면. 순서도 그대로야. 불어가 제일 편하고, 그 다음이 영어랑 스페인어. 읽고 쓰기나 듣고 말하기나 다 마찬가지. 대학 다닐 때 불어 독서 동아리를 열심히 누볐는데, 거기서 생텍쥐페리와 앙드레 말로의 소설을 거의 다 원어로 읽었어. 한국어로 번역되기 한참 전이었던 미셸 투르니에의 『방드르디 또는 태평양의 끝』을 읽은 것도 그 동아리에서였고. 그 소설을 읽고 투르니에한테 완전히 반해 버렸지. 사실 기독교 성서나 그리스 로마 신화에 대한 기본 지식이 없으면 재미있게 읽을 수도 없는 소설이었는데. 프랑스에서 설령

학교를 안 다녔다고 하더라도, 외국어 가운덴 프랑스어로 책을 가장 많이 읽은 셈이지. 그렇지만 엄밀히 말해서 편한 언어는 한국어밖에 없어. 불어로는 이런 인터뷰도 어림없지.

황인숙 편하진 않아도 읽을 수 있는 언어는?

고종석 이탈리아어. 적어도 나는 이탈리아어로 소설 두 권을 읽었으니까. 아, 그리고 사전이 있다면 라틴어와 고전 그리스어, 독일어, 포르투갈어 정도는 대충 읽을 수 있어. 사실 포르투갈어는 스페인어와 아주 닮았거든.

황인숙 난 상상도 못하겠다. 한국어 말고 내가 읽을 수 있는 언어는 하나도 없으니까.

고종석 사실 나도 엄밀히 말하면 너와 똑같다니까. 게다가 네가 유달리 외국어 공부에 취미가 없는 거지. 그래서 난 네가 부러운데. 외국어를 전혀 못하는 네가 나보다 독서량이 훨씬 많잖아. 나는 요즘 불어책을 좀 읽긴 하지만 독서에 열심이라고는 할 수 없거든. 게다가 나는 지난해에 겪은 뇌출혈 때문에 모든 언어를 잊어버렸잖아. 한국어조차.(웃음)

황인숙 뇌출혈 유세 그만하셔. 지금 한국어 잘하고 있으니까 염려 마. 그래 그렇게 많은 언어를 간 본 결과, 어느 언어가 제일 어려운 것 같아?

고종석 아까 말한 헝가리어를 익히려고 시도해 보기 전엔 아랍어나 중국어가 제일 어렵다고 생각했어. 아랍어는 글자부터 새로 배워야 했으니까. 물론 러시아어도 키릴 문자를 쓰니까 그렇긴 한데, 키릴 문자는 그리스 문자랑 많이 닮았어. 그렇지만 오른쪽에서 왼쪽으로 써나가고 위치에 따라 형태가 달라지는 아랍 문자는 글자 배우기조차 쉽지 않지. 일본어의 히라가나 가타카나를 배우는 거보다 훨씬 어려워. 뭐, 유럽인들도 한자 익히기가 매우 어렵겠지. 게다가 아랍어에는 명사의 단수, 복수 말고 양수兩數라는 것도 있고. 그래서, 비록 간만 보고 만 언어지만 아랍어가, 그리고 중국어가 가장 어렵다고 생각했는데, 헝가리어 교습서를 보곤 진짜 이건 악마의 언어라고 생각했지.

황인숙 얼핏 듣기에 헝가리어는 한국어와 비슷한 점이 많다던데.

고종석 그 말은 맞아. 유형론적으로 꽤 닮았어. 근데 그 점 때문에 난 도저히 적응을 못하겠더라구. 혹시라도 내가 20대나 30대였다면 좀 더 길게 시도를 해봤을 텐데, 기억력이 형편없어진 상태에서 시도하다 보니 불가능하다는 게 곧 드러나더군.

황인숙 유형론적으로 한국어와 닮았다는 점이 더 어렵다는 건 무슨 뜻이야?

고종석 난 유럽어를 익히는 데 익숙해져 있어서, 딴 유럽어들과 전혀 다른 유형의 유럽어와 마주치니 외려 당황하게 되더라고. 결국 포기했지. 헝가리어는 대표적으로 어순이 다른 유럽어들과 다르지. 차라리 한국어와 더 가깝지. 그리고 헝가리어는 에스토니아어나 핀란드어와 마찬가지로 여느 유럽 언어와는 친연관계가 전혀 없어. 단어의 차용도 다른 유럽어들끼리 일어난 것만큼 흔하지가 않았고. 그래서 단어들이 너무 낯설어. 예컨대 영어 단어의 반 이상은 불어에서 건너간 거니까 한 언어를 알면 다른 언어를 배우기가 그리 어렵지 않아. 이건 어휘가 차용된 경우고, 스페인어, 포르투갈어, 이탈리아어끼리는 어파가 같아서 그 사이가 더 가깝고. 문법구조에서만이 아니라 어휘가. 다 라틴어의 구어가 진화해서 생겨난 자매 언어들이니까. 심지어 러시아어에만 해도 라틴어나 프

랑스어에서 흘러들어간 말이 꽤 돼서 기억의 부담을 줄여주지. 그런데 헝가리어는 그런 이점이 훨씬 적거든.

황인숙 알겠어. 그런데 중국어가 어렵다고 생각한 이유는 뭐야. 다른 한국 사람들은 중국어를 쉽게 배우는 것 같던데.

고종석 글쎄, 나도 중국어를 쉽게 배우는 사람들이 신기해. 난 사성이라는 걸 딱 마주치자마자 '아, 이건 내 능력 밖의 언어구나.' 하고 생각해 버렸거든.

황인숙 일본어는?

고종석 한국 사람들이 익히기 가장 쉬운 외국어가 일본어라는 건 확실해. 근데 난 학원에 한두 달 다닌 뒤 포기하고 말았어. 왜 포기했는지는 잘 모르겠어. 일본에 대한 심리적 저항감 때문이었을까? 사실 난 평균적 한국인에 견줘서 일본에 심리적 저항감이 그리 없는데. 그 뒤 일본어 학습서를 사들여서 독습을 시도했는데도 안 되더라. 집에 일본어 학습서들은 참 많아. 한국어로 쓰인 것만이 아니라 불어랑 영어로 쓰인 것도. 그렇지만 내게는 소용없는 책들이 되고 말았지. 암튼 일본어를 좀 더 공부하지 않은 건 후회돼. 온갖 정보가 득실한 일본어 서적을 못 읽는다는 점에서도 그렇지만, 케이블티비에서 일본 드라마를 보다 보면 더 후회가 돼. 일본어를 기초라도 단단히 해놨다면, 일본 드라마를 보면서 자연스럽게 일본어를 익힐 수 있을 것 같은데. 하긴 그건 중국어도 마찬가지구나. 아무튼 지금 이 나이에 다시 어떤 외국어를 배울 생각은 없어.

내 몸에 새겨진
작가와 시인들

황인숙 열심히 했든 간만 봤든 그 언어들 가운데 제일 매력적인 언어는 뭐야?

고종석 말할 나위 없이 스페인어지. '베사메 베사메 무초, 코모 시 푸에라 에스타 노체 라 울티마 베스~'

황인숙 그게 '베사메 무초'의 원어구나. 무슨 뜻이야?

고종석 '오늘밤이 마지막인 듯 내게 키스해 달라'는 말. 계속

해 볼까?

황인숙 됐어. 저 자리 손님들이 이쪽을 쳐다본다. 일설에 의하면 너는 언어의 귀재라던데, 중국어랑 일본어를 배우다 말았다니, 그 나라들에 대한 심사가 좋지 않았던 거 아닐까? 그러니까 불어, 영어, 스페인어, 이탈리아어를 읽을 수 있는 거구나.

고종석 응. 다시 강조하지만 편하게 읽지는 못해. 한국어를 읽는 거랑은 완전히 다르다는 거지. 그리고 뇌출혈을 겪은 뒤로는 불어나 영어도 이제는 읽을 수 있다고 자신 있게 말하기가 어려워져 버렸네. 한국어조차도, 내 몸에 새겨진 어휘들이 매일 날아가 버리는 것 같아. 그래서 불어책이나 영어책을 더 읽으려고 하긴 하지만. 중국이나 일본에 대한 내 심사는 나쁘지 않아. 나는 동아시아 사람들을 대체로 좋아하는데. 어쨌든 손가락 사이로 물이 빠져나가듯, 내 뇌의 기억 창고에서 끊임없이 뭔가가 사라지는 걸 느껴.

황인숙 너무 초조해 하지 마. 두뇌라는 게 그렇게 간단한 게 아니잖아. 채우기도 간단치 않고 비우기도 간단치 않지. 혹시 또 모르지. 뇌출혈이 두뇌의 어떤 부분을 깨워서 더 우수해질 수도 있으니까. 세상에 없을 일은 없어.

어떤 작가를 좋아해?

고종석 소설을 거의 안 읽는다니까. 에릭 시걸이나 존 그리샴 같은 대중소설가들을 좋아했지. 예외적으로 파스칼 키냐르는 말이 아름다워서 찾아 읽고. 한국어로 번역된 키냐르 소설은 다 읽은 것 같네. 한국어로만이 아니라 불어로도.

황인숙 좋아하는 작가로 딱 집어서 에릭 시걸이랑 존 그리샴을 좋아한다고 하는 말과 글을 몇 번 본 기억이 나는데, 그거야말로 허영심에서 그러는 거 아니야? 아니면, 뭔가 한 수 아래인, 일종의 소수자에 대한 옹호? 아가사 크리스티랑 로버트 하인라인도 좋아하잖아?

고종석 그렇지. 정말 그랬지. 한때는 추리물이나 과학소설에 깊이 빠진 적도 있지. 번역된 아가사 크리스티 작품은 거의 다 읽은 것 같고, 너도 알다시피 하인라인 말고도 아이작 아시모프, 아서 클라크의 광팬이기도 했지. 아까 말한 영화 〈태양은 가득히〉의 원저자인 패트리샤 하이스미스도 마찬가지고. 요즘에야 다 시들해졌지만, 암튼 그런 허구에 푹 빠졌던 시절이 있었지. 그 허구가 허구로 보인다는 건 나이가 들었다는 건데,

그건 한편으론 현명해졌다고 할 수도 있지만, 다른 편으로 그런 허구 너머의 진실이나 허구가 품고 있는 상징을 못 본다는 점에서 일종의 퇴행이라고도 할 수 있지. 그러고 보니 집에는 불어로 된 추리물이 아주 많이 있는데 결국 못 읽고 죽을 것 같다. 그래도 파스칼 키냐르는 꼭 읽어. 한국어로 읽은 다음에는 불어판을 구해 꼭 다시 읽어보지. 파리에서 음악 공부하고 있는 며느리한테 부탁하기도 하지만, 문학과지성사에서 그냥 얻어 볼 때도 많아. 근혜[34]가 날 배려해 주거든. 그리고 에릭 시걸이나 존 그리샴이 무슨 소수자야? 일단 돈이 넘쳐날 텐데. 특히 존 그리샴은 거의 갑부 수준 아닐까?

황인숙 그렇지만 본격 소설가로 인정받는 건 아니잖아.

고종석 나한테 에릭 시걸과 파스칼 키냐르는 아무런 급의 차이가 없어. 둘 다 언어를 능숙하게 다루는 소설가들이지. 에릭 시걸과 존 그리샴은 뛰어난 스토리텔러고. 스토리텔러라는 점에서는 파스칼 키냐르를 앞서지.

34 이근혜, 문학과지성사 수석편집장

황인숙 파스카 키냐르는 참 아름답지. 너, 키냐르한테는 혈육의 정 같은 걸 느낄 것 같아. 너랑 어딘지 닮은 데가 있어. 마음산책에서 나온 『파스칼 키냐르의 말』 읽었지? 부제가 '수다쟁이 고독자의 인터뷰'인데, 너도 수다쟁이 고독자잖아. 나는 키냐르 글도 좋지만, 키냐르에 매혹된 글이 때로 더 매혹적이야. 그 인터뷰집 서문에서도 그런 구절을 많이 발견했어.

고종석 나도 그래. 그리고 『은밀한 생』에서부터 느낀 거지만, 키냐르는 언어에서 성욕을 느끼는 사람 같아. 언어와 연애를 하는 사람. 아까도 얘기했지만, 나도 한때 언어에서 성욕을 느꼈지. 어쩌면 지금도 그럴지 모르고. 특히 시의 언어에서. 그러고 보니 파스칼 키냐르도 시인 같다. '세상의 모든 아침은 되돌아오지 않는다'는 말, 참 아름다워. 그런데 난 술이 있어야 수다가 잘 풀리는데, 그걸 바슐라르는 '호프만 콤플렉스'라고 그랬지. 술을 못 마시니 수다가 잘 안 된다.

황인숙 지금 계속 수다 잘 떨고 있어. 술 없어도 너는 수다쟁이야. 그런데 자꾸 언어에 성욕을 느낀다는 말을 하네. 너는 그 표현을 즐기는구나. 물론 언어는 말초까지 작용하게 마련이고. 종종 어떤 언어는 황홀하지.

고종석 내가 언어에서 성욕을 느낀다고 할 때 그 언어는 주로 시의 언어야. 시의 언어야 말로, 내가 언젠가 내 책 제목을 그리 정했듯, '모국어의 속살'이니까. 그런데 그 말에 대한 성욕도 이제 점점 스러지고 있는 것 같아. 아, 참 페이스북에 재무[35]가 시 아닌 척하면서 더러 시를 올리고 있는데, 그 언어들이 내 잠자는 성욕을 일깨우더군.(웃음) 재무가 젊었을 때는 그 친구 시에서 신경림 선생만 떠올랐는데, 요즘의 시를 보면 백석이나 이용악이나 서정주나 김영랑이나 정지용을 포함해서 소위 민족 전통을 노래했던 시인들이 다 재무 안에 있는 거 같아.

황인숙 그건 칭찬인 건가?

고종석 내가 할 수 있는 최고의 찬사지. 어쩌면 재무 스스로도 알고 있을 거야. 잰 체하지 않아서 그렇지. 요즘의 젊은 시들과는 아주 다르지만, 재무의 시는 문학사가 기록할 거야. 내가 시를 쓰지는 못해도 시를 보는 눈은 있지 않니?(웃음)

35 이재무. 시인.

음악과 영화,
그리고 서울

황인숙 흥, 그러서? 좋아하는 시인은?

고종석 한 사람만 뽑으라면 페데리코 가르시아 로르카!

황인숙 그건 나랑 같네. 몇 사람 더 뽑으라고 한다면?

고종석 글쎄, 랭보? 보들레르? 아폴리네르? 하이네? 브레히트? 네루다?

황인숙 나도 그 사람들 좋아해. 한국시인으로선?

고종석 한 사람만 뽑으라면 황인숙.

황인숙 장난하지 말고.

고종석 진짜라니까. 정말 슬픔이 나를 깨우는구먼.

황인숙 나 말고는?

고종석 글쎄, 미당 서정주와 이용악? 미당 선생은 정치적 이유 때문에 옹호하기가 힘들구나. 그렇지만 한국어의 연금술사라는 클리셰에 딱 어울리는 이가 미당 선생이지. 미당에 견주면 고은 선생은 한참 아래고.

황인숙 시집들 말고 요즘 주로 읽는 책은 뭐야?

고종석 아까 한 질문이네. 요즘 억지로 들춰보는 건 예전에 프랑스에서 살 때 산 불어책들이고, 근년에는… 난 너처럼 다독가, 아니 남독가라는 말이 좋겠다, 남독가가 못돼. 그렇지만, 인문학이나 사회과학 책들은 좀 읽었지. 제법 골치 아픈 책들도. 사실 더 좋아하는 건 자연과학 대중서들이야. 내가 읽고 나서 너한테 준 책도 많잖아. 리처드 도킨스나 스티븐 제이 굴드나 칼 세이건 같은 이들의 책. 사실 진화생물학에 관심을 지닌 건 도킨스나 굴드 때문이지만, 어려서는 전파과학사라는 출판사에서 나온 하드사이언스 분야의 괴서들을 꽤 읽었어. 정통 과학자들은 인정 안 할 책들이 많을 거야. 저자들이 주로 일본인이었는데. 내가 수학이나 물리학을 좀 공부했다면, 대중서 이상의 책들도 읽을 수 있었을 텐데 그게 좀 아쉬워. 그렇지만 팔자이기도 해. 난 중학교 때부터 이미 수학이 젬병이었거든. 수학이 내 인생을 결정했지. 내가 수학에 조금이라도 재능이 있었다면, 삶이 꼬이지는 않았을 거라고 생각해.

황인숙 왜 삶이 꼬였다고 생각해?

고종석 뻔히 아는 얘길 왜 묻니? 그럼 내 삶이 꼬였지, 안 꼬였니?

황인숙 너는 마음은 이상주의자고 정신은 현실주의자구나. 남자라서 그런가…. 대부분 남성은 대부분 여성보다 현실에 얽매어 있지. 현실이라기보다 체제랄까, 시스템, 현실구조에. 항상 잣대가 외부에 있지.

고종석 넌 성차별주의자구나, 최소한 성구별주의자구나.(웃음)

황인숙 그렇다 치고. 인상 깊게 본 영화는 뭐야?

고종석 아까 말한 〈졸업〉, 〈태양은 가득히〉, 〈글루미 선데이〉 말고 뭐가 있을까? 〈토탈 리콜〉, 〈해바라기〉, 소피아 로렌 나오는 〈해바라기〉 말이야. 아, 〈대부〉 3부작과 〈제이슨 본 시리즈〉도 아주 좋았어.

황인숙 전혀 다른 스타일의 영화들이네.

고종석 내가 원래 광폭 미감이거든.

황인숙 음악은?

고종석 피에르 부르디외가 그랬던가? 음악에 대한 취향이야말로 계급의 징표라고? 난 클래식 음악을 좋아하지 않아. 모차르트 정도면 즐길 수 있겠고, 억지로 바흐까지는 견딜 만한데 그 이상 추상적으로 가면 고문이야. 그러니까 쇤베르크나 윤이상이나 진은숙은 나한테 고문이지. 오페라는 그럭저럭 즐길 수 있어. 그렇지만 나는 대중음악을 좋아해. 팝이나 록, 샹송, 칸초네, 파두.

황인숙 나는 진은숙 음악 좋던데. 많이 들어보지는 않았지만.

음악은 원래 추상 아닌가? 아, 가사 있는 음악? 좋아하는 노래는 뭐가 있는데?

고종석 이장희, 송창식 노래들은 거의 다 좋아해. 신중현 노래들도 그렇고. 어렸을 땐 어니언스 노래 좋아했지. 샹송 가수로는 조르주 무스타키와 조르주 브라생스, 자크 브렐. 칸초네 가수로는 밀바. 아, 내가 파두도 좋아하지. 아말리아 로드리게스 노래들. 베빈다도 그렇고. 팝송 가수로는 사이먼과 가펑클. 그리고 그 여자, 존 바에즈. 좋아하는 대중음악가들은 세대와 밀접한 관련이 있는 것 같아.

황인숙 당연히 그렇지. 그래서 노래방에 가면 나이를 들킨대잖아. 좋아하는 노래들을 자세히 대 봐.

고종석 〈한 잔의 추억〉, 〈나는 열아홉이에요〉, 〈내 나이 육십하고 하나일 때〉, 〈고래사냥〉, 〈나는 피리 부는 사나이〉, 〈날이 갈수록〉, 〈아름다운 강산〉, 〈작은 새〉, 〈우체부〉, 〈리멘치타〉, 아까 말한 영화 〈졸업〉의 〈로빈슨 부인〉, 〈스카보로 시장〉, 〈침묵의 소리〉. 그리고 〈던컨〉이나 〈하우스 오브 더 라이징선〉…, 이러다 끝이 없겠네.

황인숙 그래도 계속해 봐.

고종석 됐어. 한 시간이라도 읊을 순 있지만.

황인숙 그럼 좋아하는 도시는?

고종석 첫째가 서울.

황인숙 왜?

고종석 내가 나고 자라고 사는 도시니까.

황인숙 그게 이유가 돼?

고종석 왜 안 돼? 익숙한 것에는 누구나 친밀감이 있지.

황인숙 충분한 이유는 안 되는 것 같은데?

고종석 그럼…, 24시간 깨어 있는 도시니까. 난 유럽에서도 미국에서도 24시간 깨어 있는 도시는 못 봤거든. 팔팔 살아 있잖아, 이 도시는. 강남역 부근만이 아니라 홍대앞, 대학로, 인사동 등등. 처음 유럽에 갔을 때 서울만은 못해도 파리의 밤풍경에 좀 익숙해져 있다가 베를린에 가니까, 사람 사는 도시 같지가 않더라구. 너무 일찍 철시가 되는 도시. 시장이 철수된다는 의미도 있지만 도시 자체가 철수된다는 의미. 베를린이 그렇더라구. 그래서 베를린을 좋아하지 않아. 몇 번 가보지도 않았지만.

황인숙 그렇지만 서울은 그리 아름다운 환경이 아니지. 전보다 많이 아름다워지기는 했어도.

고종석 공감해. 그렇지만 어떤 도시를 사랑하는 이유가 꼭 그 도시가 아름다워서는 아니지. 넌 어느 도시를 제일 좋아하는데?

황인숙 글쎄, 나도 서울?

고종석 왜?

황인숙 그게, 생각해 보니까 너랑 비슷한 이유인 것 같아. 나고 자라고 살고 있는 도시이기도 하고. 그래서 편안하고. 소란스러울 정도로 활기차고. 벌써 이십 년 전인데, 한 영국 사람이 그랬어. 일본은 공장 같고, 한국은 시장 같다고. 한국인이 아주 오래도록 한국에서 멀리 떨어져 살게 되면 이 소란이 너무 그리울 거야.

고종석 따라쟁이! 나도 시장 분위기를 아주 좋아하지. 언제 남대문시장에 가서 갈치조림 먹자. '고향집'인가, 네가 잘 가는 집 있잖아.

센티멘털리즘을 자극하는 도시,
파리에 대하여

황인숙 오케이. 서울 다음으로 좋아하는 도시는?

고종석 파리?

황인숙 거기서 산 적이 있어서?

고종석 그 이유가 크긴 하지만 그것 때문만은 아니야. 뭐랄까,

파리는 서울엔 미치지 못하지만 생동감 있는 도시고, 프라하나 베니스엔 못 미치지만 아름다운 도시니까. 또 보들레르가 '파리의 우울', 그러니까 '스플린 드 파리Le Spleen de Paris'라고 명명했듯, 센티멘털리즘을 자극하는 데가 있는 도시지.

황인숙 거기서 얼마나 살았지?

고종석 5년쯤.

황인숙 정들 만도 한 세월이네.

고종석 응. 게다가 난 그 도시를 구석구석 잘 알고 있어. 가본 지 오래 돼서 지금 어떻게 바뀌었는진 모르겠지만.

황인숙 구석구석 알고 있다는 게 무슨 뜻이야?

고종석 말 그대로야. 좀 과장하자면 파리에서 태어나 자라고 사는 사람들 가운데도 나만큼 파리 지리를 잘 아는 이는 그리 많지 않을걸? 뇌출혈을 겪은 뒤론 파리 지리도 다 잊어버렸지만.(웃음)

황인숙 그래?

고종석 내가 파리에 살면서 한 일은 그 도시를 걷는 것뿐이었거든. 파리에서 내 발길이 안 미친 동네는 거의 없을 거야. 남에서 북으로 걸어서 종단하기도 했어. 동에서 서로는 너무 길어서 걷다 포기했지만. 암튼 엄청 걸었어. 지금은 허약해진 이 두 다리로 말이야. 나는 샤를 보들레르였고, 그에게서 영감 받은 발터 벤야민이었지. 아, 이거 잘난 척에 제동이 안 걸리네.(웃음)

황인숙 선생님은 잘 생기셨는데요, 뭘.(웃음)
  그럼 서울보다도 더 잘 안단 말이야?

고종석 당연하지. 서울은 너무 큰 도시잖아. 크기가 파리의 한 열 배 정도는 되지 않을까? 지금도 서울엔 내게 낯선 동네가 많아. 사실 내가 잘 알고 있는 동네는 서부 서울, 그러니까 마포와 신촌과 은평구 일대, 사대문 안, 그리고 강남 정도야. 여의도만 가도 낯선 동네 같아. 영등포나 강서구 쪽은 말할 것두 없구.

황인숙 나도 그렇긴 해. 서울을 다는 알지 못하지. 나는 너와 달리 돌아다니길 좋아하는 데도 말이야.

고종석 서울은 크기도 크지만, 산책하기에 그리 좋은 도시는 아니잖아.

황인숙 왜?

고종석 거리들이 아름답지 않으니까.

황인숙 얘기가 뱅뱅 도네. 이제는 서울도 걸음직스러운 곳이 많아. 그래도 넌 파리보다 서울을 좋아하구?

고종석 응.

황인숙 전혀 안 걷니?

고종석 최근 몇 년간은 거의 안 걸었어. 그전엔 양재천을 좀 걷기도 했지만.

황인숙 왜 요즘은 안 걸어?

고종석 귀찮아서. 사실 요즘이야말로 걷기가 가장 필요할 땐

데. 뇌출혈 후유증의 하나인 기억력 쇠퇴 속도를 줄이는 덴 아까 말했듯 걷기가 제일이거든. 독서나 야채 섭취도 그렇지만.

황인숙 그럼 걸어!

고종석 한 번 애써 볼게. 양재천이 아니더라도, 찾아보면 걸을 수 있는 데는 있겠지. 청계천이나 불광천 같은 데. 나는 천변이 좋아.

황인숙 그건 나도 그래. 그렇지만 난 천변이건 아니건 너보다는 훨씬 더 많이 걷지.

고종석 알아. 넌 그렇게 걸으면서도 예전엔 피트니스에까지 다녔지.

황인숙 그야 살을 빼려고.

고종석 왜?

황인숙 왜라니?

고종석 왜 살을 빼려고 하냐구?

황인숙 살이 너무 쪘으니까.

고종석 내가 보긴 아닌데.

황인숙 그건 네가 사람의 몸, 몸집에 관심이 없어서 그래. 뭐, 처음에는 살 빼려는 목적이었지만, 재밌었어. 가령 트레드밀에 올라서 달리다 보면 무념무상 상태가 되거든. 머리를 텅비워놓고 온몸이 땀에 흠뻑 젖도록 달리는 게 좋았어.
　파리에선 어딜 젤 좋아해?

고종석 뭐 다 좋지만, 생루이섬, 뷔트쇼몽 공원, 벨빌의 중국인 거리, 페르라셰즈 묘지, 뭐 이런 데?

황인숙 묘지를 왜 좋아해? 너, 음습함에 끌리는구나.

고종석 묘지들이 다 그렇지만 페르라셰즈가 파리의 다른 묘지들에 비해 더 음습하긴 하지. 워낙 크니까.

황인숙 근데 왜 좋아해?

고종석 정들었어. 집이 그 근처에 있어서 하루가 멀다 하고 거길 돌아다녔거든.

황인숙 죽은 사람들 사이에서 산책을 했구나.

고종석 응.

황인숙 좀 을씨년스럽지 않았어?

고종석 별루. 비 오는 날엔 좀 을씨년스럽지.

황인숙 비 오는 날에도 페르라셰즈엘 갔단 말이야?

고종석 파리의 비는 거의 다 가랑비야. 우산을 안 쓰고 모자만 써도 괜찮을 그런 비.

황인숙 거긴 유명인이 많이 묻힌 곳이라지. 누구 무덤엘 자주 들렀는데?

고종석 헤아릴 수 없을 만큼 많지. 사실 페르라셰즈만이 아니라 파리의 묘지들에 묻힌 유명인이 많아. 파리에서 태어나지 않은 사람들도, 심지어 외국인들도 유명해지기 위해 파리로 가고, 결국 거기서 죽는 경우가 많으니까, 아니 많았으니까. 적어도 20세기 중엽까지는. 지금은 뉴욕이 파리의 자리를 빼앗아 버렸지만. 에밀 시오랑이 그랬지. 파리에서 태어날 수는 없어도 파리에서 죽을 수는 있다고. 그래서 파리에 와 산다고.

황인숙 헤아려 봐.

고종석 근데 우리 지금 뭐하는 거니?

황인숙 헤아려 보라구.

고종석 뭘?

황인숙 자주 들렀던 무덤의 주인들.

고종석 글쎄, '도어스'의 리더였던 짐 모리슨 묘에 제일 많이 갔던 것 같구, 아, '도어스'라는 옥호의 술집이 서울에 많이 있지. 신림동에도 하나 있는데 병직이랑 더러 가서 만취했었어. 근데 이젠 술을 못 마시니 거길 못 가겠다. 아폴리네르, 엘뤼아르, 쇼팽, 엘로이즈와 아벨라르, 글쎄 생각 안 난다. 뇌출혈 때문에.(웃음) 갈 때마다 '코뮌 전사의 벽' 앞엔 섰었지.

황인숙 파리코뮌 때 처형당한 사람들을 기리는 그 벽 말이야?

고종석 응. 실제로 거기서 처형당하기도 했고.

황인숙 근데 거긴 왜?

고종석 일종의 감상주의지, 뭐. 아까 말했듯 그 사람들의 이념에 내가 동의하는 건 아니지만. 학살된 사람들에 대한 예의 정도로 해 두자.

황인숙 그건 네가 〈인터내셔널〉을 즐겨 듣고 부르는 것과 비슷한 맥락인 거네.

고종석 그런 것 같네. 〈인터내셔널〉을 불어로 불러 볼까?

황인숙 나중에 사람들이 없는 데서. 내가 보기엔 넌 약간 왼쪽으로 기울어져 있는 거 같은 데 왜 우파를 자임해?

고종석 사실 우파야. 아주 기울어져 있지는 않지만. 그러니까 회색인이라고 해야 하나? 아, 최인훈 선생도 돌아가셨구나. 노벨문학상이라는 게 문학적 높이의 척도는 아니지만, 한국에서 노벨문학상을 받아도 그럼직하다 싶은 소설가는 최인훈 선생이 거의 유일했는데. 뭐 인성[36] 형이나 이승우 씨 같은 사람이 받아도 어색하지는 않겠지만. 그런데 최인훈 선생 책이 영어나 불어로 번역이 많이 안 됐나? 암튼 회색인으로 살다가 회색인으로 돌아가셨구먼.

황인숙 그러네, 우리는 그만큼 늙었고. 회색인이란 말이 좋은 뜻으로 쓰이는 일은 드물지. 나는 회색도 좋아하지만.

고종석 그렇지. 근데 최인훈 선생은 좋은 뜻으로 썼지. 아니 어쩔 수 없는 자기 존재를 규정하기 위해 썼지. 나도 그래. 내가 보기에 너는 나보다는 왼쪽으로 기울어져 있는 것 같아.

36 이인성, 소설가

황인숙 나도 그런 것 같아.

고종석 근데 앞으로도 계속 그렇게 고양이들한테 얽매여서 살 거야?

황인숙 당연하지. 그리고 얽매인다는 표현 듣기 좋지 않아.

고종석 암튼 고양이들의 대모 노릇을 할 거라는 거지?

황인숙 응. 그런데 대모 노릇이 아니라, 지키는 노릇.

고종석 왜 그래야 하는데?

황인숙 너한텐 수도 없이 말했어. 그 얘긴 하고 싶지 않아. 아니, 이참에 얘기해 볼까? 간단히 말해서 나 같은 사람은 대한민국의 야만 때문에 '독박'을 쓰고 있는 거야. 사실 이건 개인이 해결할 수 있는 일이 아니야. 네가 정치로 입신하면 좋았을 걸. 동물복지와 생명권에 대해 관심을 기울이고, 합당한 정책을 세우는 정치인이 있었으면 좋겠어. 그러면 시민들 의식도 바뀌고, 일개인이 허덕거리지 않아도 될 텐데. 페미니즘 문제처럼 동물복지 문제도 시스템이 바뀌어야 해.

고종석 오케이. 고양이에 대해선 입 다물겠음. 다만 반려동물 애호가 중에는 동료 인간을 혐오하는 생태파시스트도 있다는 점은 말해두겠어. 너랑은 무관한 일이지만.

그리고 정치에 다시 관심을 가져볼까?(웃음) 반려동물 정책을 획기적으로 바꾸기 위해서 말이야. 개도 그렇지만 고양이가 정말 흔한 도시가 파리이기도 하지. 그리고 파리가 내게 준 커다란 선물이 있어. 내 허영심을 만족시켜준 거야. 학교 다니며 읽었던 책의 저자들을 만나게 된 거지. 사회학자 피에르 부르디외 선생이랑 알랭 투렌 선생과는 사적인 교분을 쌓았고, 어느 학기엔 자크 데리다 선생의 세미나에 한 달에 세 번씩 참가했지. '콜레주 드 프랑스'라는 일종의 개방대학이 있는데, 거기서 움베르토 에코 선생의 강의를 한 학기 들었어. 에코 선생의 강의에서 유럽 언어학사의 숱한 에피소드들을 알게 됐지. 또, 대통령은 못 만났지만 피에르 베레고부아가 총리일 때 소르본의 한 강의실에서 그와 악수를 했고, 나중에 총리가 될 장 피에르 라파랭이 유럽의회 의원일 때 스트라스부르의 유럽궁에서 그 사람한테 근사한 점심을 얻어먹은 적이 있지. 암튼 정치인들은 부록이고, 책으로만 알고 있던 거장들을 직접 만나는 기쁨은 특별했어.

탕헤르에 대한
몇 가지 태도

황인숙 네가 파리를 좋아할 만하구나. 파리 다음으로 좋아하는 도시는 어디야?

고종석 글쎄, 보스턴? 앤트워프? 부다페스트? 그라나다? 탕헤르?

황인숙 탕헤르는 한 나절밖에 머물지 않았잖아. 나랑 진석이, 금실이랑 넷이 여행 갔을 때.

고종석 그렇지.

황인숙 그런데도 좋아하는 도시 목록에 들어?

고종석 응. 굉장히 인상 깊었어. 그 도시에서 진석이랑 티격태격했지만. 도로 표지판에 아랍어와 프랑스어가 위아래로 쓰여 있어 낯설음도 덜했고. 사실 내가 이슬람 문명의 한가운데 있어본 것도 탕헤르에서가 유일했고, 아프리카 땅을 밟아본 것도 탕헤르가 유일하지. 물론 사하라 사막 이북을 아프리카라고 말하는 데 거리낌이 없는 건 아니야. '마그레브'라고 불리는 그 지역은 사막 남쪽의 '검은 대륙'과는 너무 다르니까. 인종적으로도 남쪽과 달리 베르베르인과 아랍인이 살고 있고, 역사적으로도 유럽 문명의 한 부분이었다고 할 수 있으니까. 그렇지만 고대 유럽인들이 아프리카라고 불렀던 지역이 바로 마그레브였어. 사하라 사막 이남은 유럽인들도 잘 몰랐으니까. 14세기 이슬람 율법학자였던, 그렇지만 우리에겐 여행가로 더 알려진 이븐 바투타가 바로 탕헤르 출신이야. 현대에 들어와선 구미인들도 탕헤르에 많이 살았지. 미국 소설가 윌리엄 버로스와 폴 볼스, 시인 앨런 긴스버그, 프랑스 화가 앙리 마티스와 외젠 들라크루아 같은 사람들. 17세기 거의 그대로라는 카스바 구역을 걸었던 거 생각 안 나니? 사치와 궁상의 냄새가 버무려져 있던.

황인숙 기억나. 구불구불한 골목들이 미로처럼 엉켜 있었지. 뱀장수도 있었고. 네가 돈을 건네고 뱀과 기념촬영을 하려 했는데, 금실이가 말렸잖아. 금실이는 탕헤르를 싫어했지.

고종석 맞아. 그게 탕헤르의 진짜 모습이지. 〈007 시리즈〉나 〈제이슨 본 시리즈〉에 나오는 탕헤르는 그냥 겉모습일 뿐이고. 그랑소코 구역의 한 카페에서 차 마셨던 거 기억나? 무함마드라는 가이드랑 함께?

황인숙 응. 무함마드 아저씨. 다리를 절었지. 그래서 어딘지 더 고풍스럽고 기품있게 느껴졌더랬어. 미국 부호의 집이라는 데서 우리한테 사진 찍어주겠다고 했는데, 카메라 안 가져왔다고 하니까 입을 살짝 벌리셨더랬지. 지금 같으면 휴대폰으로라도 찍었을 텐데.

고종석 암튼 난 탕헤르가 좋았어. 탕헤르처럼 한나절밖에 머물지 않았지만 좋아하는 도시가 또 있어. 일본의 나라.

황인숙 난 일본에 가본 적이 없는데. 나라는 어땠어?

고종석 그곳에서 살고 싶다는 욕망이 들 만큼 예쁜 도시였어. 나는 어느 글에서 그 도시에 내 마음을 두고 왔다고 쓴 적도 있지.

황인숙 프라하나 파리처럼 예뻤다구?

고종석 아니, 그런 건 아닌데, 좀 다른 방식으로 예뻤어.

황인숙 어떤 방식으로?

고종석 설명하기가 쉽지 않네.

황인숙 그래도 설명해 봐.

고종석 글쎄, 그냥 일본의 커다람과 작달막함이 바로 그 도시에 응축돼 있는 느낌이었어.

황인숙 무슨 말인지 이해시켜 봐.

고종석 이해할 필요 없어.

황인숙 이해하고 싶은데. 아, 인터뷰이 자세가 안 돼 있네!

고종석 나라에서 가장 인상 깊었던 게 도다이지(동대사)와 사슴공원이었는데, 도다이지는 너무 컸고 사슴공원은 오밀조밀했어. 도다이지의 대불전은 세계에서 가장 규모가 큰 목조건물이래. 그런 뜻이야. 그러니까 탕헤르에 화려함과 소박함이 공존한다면, 나라에는 커다란 것과 작은 것이 공존한다고 할까.

황인숙 진작 그렇게 말할 것이지.

고종석 사실 일본은 국력만이 아니라 국토 면적도 우리보다 훨씬 크잖아. 남한의 네 배는 될 걸. 거기다가 아한대부터 아열대까지 길게 펼쳐진 나라지.

황인숙 하긴, 센카쿠 열도만 해도 대만에서 가깝지. 나라말고 일본에서 좋았던 도시는 없었어?

고종석 그 옆에 있는 교토.

황인숙 거긴 왜 좋았는데?

고종석 그냥.

황인숙 그냥이 어딨어?

고종석 아, 이 대화는 언제 끝나는 거니?

황인숙 내가 끝내고 싶을 때. 칼자루는 내가 쥐고 있다네.(웃음)

고종석 어려서 경주가 일본의 교토 같은 도시라고 배웠던 것 같은데, 경주와는 비교가 안 될 만큼 격조 있는 도시였어.

황인숙 격조 있다는 게 무슨 말이야? 내가 본 경주는, 음… 격조 괜찮던데.

고종석 이런 건 그냥 좀 넘어가자. 그냥 느낌이 그랬다는 거야.

감정을 불러일으키는
도시 체험

황인숙 또 다른 일본 도시들은?

고종석 도쿄와 오사카엘 가본 적이 있는데, 그냥 서울 같은 도시였어. 밋밋한 현대 도시.

황인숙 그럼 그 도시도 좋아해야 할 거 아냐?

고종석 그 도시들은 내가 태어난 도시도 아니고, 자란 도시도 아니고, 살고 있는 도시도 아니잖아. 그렇지만 일본어를 익히지 않은 건 지금도 후회된다.

황인숙 오케이. 일본 도시들은 그렇고. 앤트워프는 어땠어? 그때 너랑 거기서 한번 만난 적도 있구나. 이십여 년 전에.

고종석 응, 그랬지. 난 그 전부터 그 도시가 좋았어. '유럽의 기자들'이라는 저널리즘 프로그램에 참가했을 때 처음 앤트워프엘 갔는데, 스헬데강가의 풍경이 참 좋았어.

황인숙 나도 거길 좋아해. 그런데 그 도시 이름이 여럿이잖아. 가장 많이 알려지기로는 안트베르펜이지? 앤트워프나 안트베르펜은 어째 이물스러워. 내게 거기는 앙베르야. 강가에 레스토랑들도 있었지.

고종석 앙베르는 불어식 이름이지. 앤트워프는 영어식 이름이고, 안트베르펜이 네덜란드어식, 그러니까 현지어식 이름. 바로 강가엔 레스토랑이 한두 개밖에 없을걸. 암튼 그 가운데 한 군데에 가본 적이 있어.

황인숙 누구랑?

고종석 알아서 뭐하게?

황인숙 궁금해서. 나, 참! 즐거이 답하시오.

고종석 '유럽의 기자들' 프로그램에 참가했던 동료들 몇이랑.

황인숙 그랬군. 나도 거기 갔었어. 카페인지 레스토랑인지 기억 안 나는데, 이름이 '북 테라스'였어. 맞지?

고종석 맞아.

황인숙 통유리 벽 건물인데, 저녁이면 하늘과 강물이 노을로 일렁거리는 광경이 고스란히 비쳤어. 스헬데강 말고 또 좋은 데는 없었어?

고종석 중앙역 앞에서 스헬데강 쪽으로 뻗어나간 디아만트거리도 예뻤고, 이름은 기억 안 나는데, 중앙역에서 스헬데강 쪽으로 죽 걷다 보면 왼쪽으로 광장이 하나 있었어. 그 광장에 주말이면 장이 열리곤 했는데, 파리 같은 생기가 있었어. 파리엔 재래시장들이 많이 있었거든. 지금은 모르겠지만.

황인숙 나도 그 광장 기억나. 이름은 나도 모르겠지만. 그 큰 길가에서 광장으로 가다보면 헌책과 CD를 파는 가게가 있었는데.

고종석 아, 나도 거기 몇 번 들른 적 있어. 시디는 안 사고 책은 몇 권 샀지. 지금도 그 서점에서 산 책들이 집에 있어. 내 기억에 1층에선 새 책을 팔고 지하에선 중고서적을 팔았던 것 같아.

황인숙 아, 그렇구나. 나야 외국어를 읽을 수 없으니 책 살 일은 없었지. CD는 많이 샀어. 기억에 남는 게 2장 한 세트로 된 CD로, 한 장은 몽마르트르, 한 장은 몽파르나스의 옛 노래들 모음인데, 유성기가 직직거리는 듯한 100년 전 파리의 유행가들이야. 거기서 〈벚꽃의 계절〉도 〈오월〉도 들었지. 아름답고 애틋한 노래들, 값도 굉장히 착해서 열 세트 샀는데, 아쉽게 한 세트도 안 남아 있네. 너한테도 한 세트 주지 않았나? 꼭 다시 듣고 싶은데, 누구누구를 줬는지 당최 생각나지 않

아. 영식이한테도 줬고, 갑수[37]한테도 준 거 같은데. 경숙[38]이
랑 현이[39]도 줬겠다. 수소문해 봐야지. 아무데서도 팔지 않아.
그때 한정판 낸 거였나.

고종석 응, 서울에서 나한테 한 세트 줬어. 앤트워프엔 얼마나
있었니?

황인숙 앙베르! 한 8개월쯤? 넌?

고종석 길게 머물렀다고 하긴 좀 뭐하고. 암튼 열 번 이상 가
본 것 같아. 다 이삼일 정도 있다가 파리로 돌아왔지.

황인숙 이젠 다른 도시에 대해 얘기해 봐. 우선 부다페스트.

고종석 말하기 싫은데.

황인숙 왜?

37 김갑수. 시인
38 신경숙. 소설가
39 이현. 화가

고종석 그냥.

황인숙 그냥이 어딨어?

고종석 사실 아까 얘기했어. 내가 도나우강을 처음 본 도시라고. 똑같은 말이 반복되는구나. 프라하나 파리만큼은 아닐지 몰라도 예쁜 도시지. 헝가리 건국신화와도 관련되는 '어부의 요새'가 장관이지. 입구가 사자상으로 장식된 세체니 란츠히드 다리는 파리 센강의 알렉산드르3세 다리를 연상시킬 만큼 화사하고.

황인숙 근데 왜 말하기 싫었어?

고종석 아까 말했다니까, 헝가리어 얘기할 때. 그리고 좀 복잡한 감정을 불러일으키는 도시거든.

황인숙 왜?

고종석 클래시파이드!

황인숙 클래시파이드가 뭐야?

고종석 비밀이라구.

황인숙 난 처음 들어보는 말인데.

고종석 네가 처음 들어보는 영어가 한둘이야?(웃음)

황인숙 그거 영어였어?(웃음) 그래, 너 잘난 건 알겠구, 잘 생기신 선생님,(웃음) 털어놓아서는 안 되는 비밀이야?

고종석 털어놓아도 되지만, 안 털어놓을래.

보스턴과 샌프란시스코 사이에 암스테르담이 있다

황인숙 오케이. 우리 진실게임 하는 거 아니니까 꼭 실토하지 않아도 돼. 거짓말도 돼. 그럼 그라나다로 넘어가지.

고종석 여기 국정원 심문실이니?(웃음) 알함브라 궁전, 보행자의 거리 다 좋았어.

황인숙 국정원에서 이런 식으로 묻는다면 괜찮겠다. 자술서? 그런 것도 시 한 편으로 쓰고. 보행자의 거리라는 건 차가 안 다니는 거리?

고종석 응. 거리 이름 자체가 '보행자의 거리'야. 인사동길 같은 좁은 거리가 아니라 대학로, 암튼 그 정도 넓은 거리. 늘 사람들이 그득 차 있지. 그라나다에 갈 때마다 꼭 거길 들렀어. 거길 가야 그라나다에 온 거 같거든. 그 거리에 서 있으면 가슴이 뭉클해지고 머리가 핑 돌아. 무엇보다도 그라나다는 수사나의 고향이기도 하지. 지금은 마드리드에 살지만.

황인숙 수사나가 마드리드에 산다는 건 어떻게 알아?

고종석 그 친구의 페이스북 계정을 확인했지.

황인숙 그럼 페친 사이야?

고종석 아니. 내가 친구신청을 했는데, 무슨 이유에서인지 안 받아주더군.

황인숙 어떻게 그럴 수가 있지?

고종석 이렇게.(웃음)

황인숙 널 잊어버린 거 아니야?

고종석 결코 잊을 수는 없지. 아마 나한테 악의를 갖고 있을 거야.

황인숙: 왜?

고종석 음, 내가 자기한테 말도 안 하고 먼저 결혼을 해서? 몰라.(웃음) 그 친구는 아직도 결혼을 안 한 모양이야. 처녀 때 성을 그대로 쓰고 있더라고. 아버지 성, 어머니 성 다.

황인숙 보스턴은?

고종석 보스턴은 가본 뒤에 좋아하게 된 게 아니라 어려서부터 좋아했던 것 같아. 에릭 시걸의 『러브스토리』를 읽었을 때부터. 식민지 시기부터의 아우라가 있는 도시잖아.

황인숙 식민지 시기의 아우라라니, 유럽풍? 영국풍이라는 건가? 내겐 미국이나 영국이나 비슷해서리, 잘 모르겠네. 고색창연하다는 뜻? 그건 필라델피아에도 있지. 미국의 첫 수도이기도 했잖아.

고종석 그렇지. 필라델피아도 내가 좋아하는 도시야. 그런데 거긴 가보지 못했어.

황인숙 가보지 못했는데도 좋아한다?

고종석 응, 내가 보스턴에 가보기 전에 보스턴을 좋아했듯이. 근데 혹시 언니 사는 데가 필라델피아 근처 아니니?

황인숙 근처는 아니지만 아주 멀진 않아.

고종석 필라델피아는 또 촘스키가 태어난 곳이기도 하지. 정확히 필라델피아는 아니고 바로 그 인근이지만. 아, 그러고 보니 그라나다도 가르시아 로르카의 고향이구나. 가르시아 로르카도 그라나다 바로 인근에서 태어났지. 너도 좋아하고 나도 좋아하는 시인.

황인숙 응, 아주 좋아해.

고종석 사실 가르시아 로르카 시 전집을 정환 형이 먼저 번역해 버린 게 유감이야. 그걸 번역하려고 전집을 스페인어 원어로만이 아니라 불어판, 영어판으로 다 구입했었는데. 사실 내가 구입한 게 아니라, 어느 친구가 사줬지만.

황인숙 어느 친구라니? 누구?

고종석 응, 이남[40]. 캘리포니아에 사는.

황인숙 그랬구나. 고마운 이남. 네가 번역한 로르카 시집 읽고 싶다.

---

40 이남, 영화학자, 미국 캘리포니아 채프먼대학교 교수

고종석 사실 이남한테는 이런저런 신세를 많이 졌어. 그 친구 덕분에 캘리포니아 구경을 잘한 것부터 시작해서. 꼭 신세를 져서가 아니라 나는 그 친구를 아주 좋아해. 신문사 입사 동기인데, 처음 봤을 때부터 좋아했던 것 같아. 마치 친누이 같아. 보구 싶다, 이남. 멀리 있어서 더 보구 싶은지도 모르지. 그 친구 생각하면 더러 가슴이 뭉클해지곤 해.

황인숙 왜?

고종석 글쎄. 한국산 나문데 미국에 옮겨 심은 격이잖아. 겉보기와 달리 미국에서 그 나무가 무럭무럭 잘 자라는 것 같지도 않고. 하긴 테뉴어tenure[41]까지 딴 대학교수니 잘 자란 나무라고도 할 수 있겠지. 그래도 그 친구가 한국에 있었으면 좋겠어. 가끔 만날 수 있게. 로르카는 정환 형이 번역한 게 곧 문학동네에서 나온다니까 그거 읽으면 되지.

그건 그렇고 왜 너나 나나 한 달 벌어서 한 달 사는 형편이지? 하기야 경제적으론 네가 나보다 더 어려울 테니 내가 이런 말을 하는 게 쑥스럽긴 하네.

41 종신교수

황인숙 오, 한 달 벌어서 한 달 사셔? 부르주아네. 저는 한 달 벌어서 하루 산답니다. 다들 그렇게 살지 뭐. 우린 왜 부자 친구들이 없지?

고종석 우리가 부자가 아니니까.

황인숙 유유상종.(웃음)

고종석 그런데 부자 친구가 있다고 하더라도 그 친구를 등쳐 가며 살 수는 없잖아. 뭐, 난 돌려막기라도 하지만.

황인숙 실존인물이 잘 사는 걸 두 눈으로 보고 싶어서 그런다! 등친다기보다 곁불이라도 쬘 수 있잖아.

고종석 넌 오늘 다른 행성에서 온 애 같다. 경제적 도움을 받는 순간 우정이 깨질 텐데.

황인숙 그럴까? 그럴지도…. 꼭 그렇진 않을지도. 친구끼리 도움을 주고받을 수 있지, 뭐.

고종석 넌 그럴 수 있을지도 모르지. 너는 다른 사람들에게 베푸는 데 익숙하고, 또 도움 받는 걸 크게 굴욕적으로 생각하진 않는 것 같아.

황인숙 내가 그렇게 보여?

고종석 응

황인숙 나 다른 사람들한테 도움 받는 거 좋아하지 않는 걸.

고종석 미안. 근데 부자친구 얘긴 왜 했어?

황인숙 그래, 네 말이 맞다.
　그럼 다시 도시 얘기로 돌아가서, 다른 도시들은 좋아하지 않아?

고종석 아냐, 좋아하는 도시들 많아. 음, 암스테르담, 아랑훼스, 너네랑 잠깐 들렀던 스페인 도시 말이야. 그리고 샌프란시스코도 좋지.

황인숙 암스테르담은 왜 좋아?

고종석 베네치아만큼은 아니더라도 암스테르담도 물의 도시 아냐? 더 정확히 말하면 물뭍 도시라고나 할까? 운하들이 인상 깊었어. 거기서 난생 처음 보트트립이라는 걸 해보기도 했고. 하이네켄을 떡이 되도록 마신 적도 있지.

황인숙 나도 암스테르담에 잠깐 들른 적 있어. 운하들이 예쁘긴 하더라. 샌프란시스코는 왜 좋아?

고종석 샌프란시스코도 보스턴처럼 내가 직접 가보기 전에 좋아한 도시야. 팝송 중에 '이퓨 아 고잉 투 샌프란시스코'로 시작하는 노래 있잖아. 어려서부터 그 노래를 좋아했지. 아버지 애창곡이었어.

황인숙 히피들 찬양한 노래 말이지?

고종석 응. 근데 막상 샌프란시스코엘 가보니 히피들은 없더군. 내가 오래 머물지 않아서 히피들을 보지 못했을 수도 있겠지만. 히피는 베트남 전쟁 때 전성기였고, 70년대 말에 다 없어진 게 아닌가 싶어.

황인숙 나도 샌프란시스코에 한번 가봤어. 십년 전엔가, 희덕이[42]랑 한 방에서 일박했는데, 희덕이만 졸졸 따라다녔지. 그 유명한 전차를 타고 부둣가를 거닐다가 노점에서 청동 커플링도 사서 하나씩 끼고 지나가는 남자한테 사진 좀 찍어 달라고 부탁했는데, 우리를 보는 그의 표정이 좋지 않았어. 그 자유 도시의 보수적인 시민 눈에 우리가 동성애 커플로 보였나 봐.(웃음) 히피들의 삶을 동경하니?

고종석 동경? 그럴 리가 있나? 그냥 호기심이 있는 거지. 게다가 난 체질적으로 히피가 될 수 없어. 떠돌이 체질이 아니라 붙박이 체질이거든. 잠자리가 바뀌면 잠자는 데도 힘이 드는 걸. 난 집에 쌀이 완전히 떨어져도 노숙자는 못할 거야. 차라리 어디 수용소에 갇히면 몰라도.

황인숙 노숙인은 쌀 떨어진 사람이 아니야. 집 떨어진 사람, 가정 떨어진 사람이겠지. 사람들은 너한테서 떠돌이 이미지를 발견하잖아. 성우만 해도 너를 두고 유목민 어쩌구 했잖아. 물론 좋은 뜻으로.

고종석 성우가 잘못 본 거지. 또 제가 젊었을 때 이룰 수 없었던 마음 한편의 욕망을 나한테 투사한 걸 수도 있고. 내가 30대에 유럽에서 살았던 것 때문에 성우가 나한테 그런 인상을 받았는지도 모르지. 그렇지만 '유럽의 기자들' 프로그램에 참가했을 때를 빼놓곤, 난 유럽에서도 붙박이였어. 그냥 파리에 죽치고 살았지. 물론 앤트워프나 제네바 같은 도시에 이따금 놀러가긴 했지만.

사랑과 섹스
그리고 동성애

황인숙 마리화나는 피워 봤니?

고종석 아니.

황인숙 사실대로 답해 줘.

고종석 안 피워 봤어. 암스테르담에 몇 번 놀러갔을 땐 커피숍에 들어가고 싶은 유혹도 받았지만, 자제했어.

황인숙 왜?

고종석 내가 겁이 많았던 게지.

황인숙 그렇지만 넌 마리화나의 합법화에 찬성한다는 글도 썼잖아.

고종석 그랬지.

황인숙 그런데?

고종석 '그런데'라니?

황인숙 마리화나 합법화에 찬성하면서 그 먼 나라에서, 더구나 마리화나 사용이 합법적인 나라에서 마리화나를 안 피워 봤단 말이야?

고종석 응. 난 한국인이잖아.(웃음)

황인숙 넌 정말 겁이 많구나.

고종석 응, 체제 순응적이라고나 할까?(웃음) 농담이고, 약간 다른 얘기가 될지 모르지만, 사실 담배 피우는 사람들의 흡연 권을 보장하는 데 금연자들이 앞장서야 한다고 나는 생각해. 이제 담배를 끊었으니 더 떳떳이 말할 수 있어. 어떤 음식점 이나 카페에서 담배를 피울 수 있느냐 없느냐를 왜 공권력이 결정해? 그건 음식점이나 카페의 주인이 결정해야지. 그리 되면 금연카페, 흡연카페가 자연스럽게 나뉠 거고, 흡연자들 은 흡연카페에 가고 금연자들은 금연카페에 가면 되잖아. 이 런 목소리들이 금연자들로부터 나와야 한다구.

황인숙 왜?

고종석 흡연자들이 소수자 또는 소수파니까.

황인숙 좀 말이 안 되는 소리지만 넘어가 주지. 그럼 프리섹스 에 대해선 어떻게 생각해. 히피들이 실천했던?

고종석 그걸 법으로 금지하는 데는 반대지만, 나는 프리섹스 주의자였던 적이 한 번도 없고 지금도 그래.

황인숙 왜?

고종석 '왜'라니? 그런 질문이 어딨어? 굳이 말하자면, 난 섹스를 심각하게 받아들여. 마릴린 먼로처럼 그걸 아이스크림으로 여기진 않는단 말이지. 사랑이 동반되지 않은, 좀 닭살 돋는다, 사랑이라는 말을 하고 보니, 암튼 사랑이 동반되지 않은 섹스에 나는 반대해.

황인숙 프리섹스에는 사랑이 동반되지 않나?

고종석 그러기가 쉽지. 내가 말하는 사랑은 그저 우애 정도가 아니라 연애 감정이야. 한 사람이 동시에 여러 사람과 내키는 대로 섹스를 할 때, 그 사람들에게 동시에 연애 감정을 느낄 수는 없을 것 같아.

황인숙 글쎄, 여러 사람에게 동시에 연애 감정을 느낄 수 있는 사람도 있지 않을까? 너한텐 도덕적 보수주의자의 면모가 있구나.

고종석 면모가 있는 게 아니라 난 도덕적 보수주의자야.

황인숙 근데 동성애에는 너그럽구나.

고종석 그건 너그럽고 말고가 아니야. 동성애는 도덕적으로 비난받을 일이 아니니까. 동성애자는 타고나는 거 아냐? 타고난 걸 비난할 수는 없지. 만약에 한 동성애자가 여러 동성애자와 동시에 섹스를 한다면 나는 그 사람을 비난할 거야.

황인숙 타고난 걸 비난할 순 없다고? 근데 '바람기'라는 것을 타고난 걸 수도 있잖아?

고종석 아, 그건 되게 복잡한 문제야. '자유의지'라는 게 존재하느냐 아니면 '인간의 모든 행동은 결정되느냐'의 문제를 너 지금 꺼냈잖아. 저번에 만났을 때도 그런 얘길 한 거 같기도 하고. 호르몬, 신경전달물질 얘기하면서. 그건 이렇게 잡담으로 할 얘기는 아니지. 인류의 지성사를, 직접적으로는 철학사와 법학사를 본격적으로 탐사해야 하는 문제니까. 아무튼 바람기를 타고난 건 비난할 수 없지만, 그걸 프리섹스로 실천하는 건 비난받을 만하다고 생각해.

황인숙 그건 자가당착인데.

고종석 자가당착이 아니라고 논증할 수도 있지만 귀찮아서 그냥 네 말이 맞다고 인정할게.

황인숙 사람들은 너를 자유주의자라고 부르잖아. 너도 그 딱지에 반발하는 것 같진 않고.

고종석 그렇지.

황인숙 그런데도 넌 마리화나 피우기를 겁내고 프리섹스를 반대한다?

고종석 마리화나가 합법화된다면 나는 한 번 피워볼 거야. 그렇지만 프리섹스가 합법화된다고 하더라도 나는 절대 그런 짓은 하지 않을 거야. 그건 자유주의 원칙과는 무관한 거야.

황인숙 그게 어떻게 무관해? 그리고 프리섹스가 불법이야?

고종석 네 말이 맞다.(웃음) 암튼 마리화나에 관한 한 나는 자유주의자이지만 법치주의자이기도 해. 그래서 마리화나를 안 피우는 거야. 프리섹스는 좀 다른데, 그건 합법화되지 않아서가 아니라―네 말마따나 그게 불법은 아니지―내 내면의 도덕적 원칙에 위배돼서 안 할 거라는 거구.

황인숙 도덕적 원칙이라기보다 정서적 미감이랄지 감수성에 위배되는 거 아닐까? 네 자유주의라는 건 대단히 보수적인 자유주의군.

고종석 그 말이 더 좋겠다. 그렇게 이해하시든지.

황인숙 사람들은 너한테서 낭만주의자 기질을 발견하기도 하지. 역시 성우가 그런 식으로 말했구.

고종석 이것도 아까 나온 말 같네. 낭만주의자 기질이 있긴 하지. 어쩌면 다분하지. 먼 곳에 대한 그리움, 고향에 대한 그리움, 이런 게 내 원초적 정서였던 시절이 있었지. 그 둘은 서로 다른 게 아냐. 고향을 그리워할 때 그 고향은 그리움의 주체로 부터 멀리 떨어져 있게 마련이고, 먼 곳을 그리워할 때 그리움 의 주체는 그 먼 곳을 제 진짜 고향으로 여기게 마련이니까.

황인숙 네 연애 감수성도 낭만주의자의 그것이야. 순애를 지 향하는 것. 지금은 낭만주의자 기질이 아니라는 거니?

고종석 예전만은 훨씬 못하지. 그리고 낭만주의 기질이라는 건 그 자신에게나 사회에나 이로운 게 아니라는 판단이 들었 어. 저번에 열정 얘기할 때 이미 말했잖아. 낭만주의는 큰 부 분이 열정의 산물이지. 그리고 열정이 집단화하고 방향을 잘 못 잡으면 한 공동체를 파멸로 몰고 가게 되고. 내겐 낭만주 의자의 기질이 있지만, 그걸 이성으로 제어하려고 노력해. 나 는 이성주의자가 되고 싶어. 그리고 이성주의자가 되려고 노 력해. 그게 늘 성공하는 건 아니지만.

황인숙 먼 곳에 대한 그리움과 고향에 대한 그리움?

고종석 방금 말했듯 그건 똑같은 거라니까. 낭만주의자들이 먼 곳을 그리워할 때, 그 사람들은 그 먼 곳이 제 진짜 고향이라고 생각하거든. 자기가 지금 있는 곳이 진짜 고향이 아니라고 생각한다는 거지. 뭐랄까, 자신은 천상에서 지상으로 내려오는 과정에 발을 헛디뎌, 태어나지 않았어야 할 곳에 잘못 태어났다고 여긴다는 거지.

황인숙 너도 그랬다는 거야?

고종석 한때는.

황인숙 지금은?

고종석 지금도 완전히 벗어나지는 못했지. 기질이라는 게 어디 그리 쉽게 바뀌니? 나는 이성주의자가 되고 싶은 낭만주의자야.

황인숙 한때는, 아니 지금도 먼 곳을 네 고향이라고 생각한다는 뜻이네.

고종석 좀 부끄럽지만 그렇지.

황인숙 부끄러워 할 일은 아니고, 네가 생각했던 고향이 어딘데?

고종석 내 세대 낭만주의자들, 아니 내 윗세대 낭만주의자들이 흔히 그랬듯 유럽 어느 곳. 시인 김종삼 선생이 생전에 그리워 했을 어떤 곳. 그리고 명교나 진석이가 그리워할 어떤 곳.

황인숙 파리?

고종석 꼭 파리라고 단정할 수는 없지만, 유럽이나 북아프리카의 어느 곳. 탕헤르를 포함해서.

황인숙 유럽에 다시 가고 싶은 생각은 없어?

고종석 응. 우선 몸이 받쳐주질 않아. 열 시간 이상 비행을 해야 한다는 건 끔찍해. 더구나 담배도 못 피우는 상태에서. 어차피 담배는 이제 못 피우지만.

로망티크,
고향을 찾아 타향으로 가다

황인숙 하긴 모든 여행이 고생스럽긴 하지. 그런데도 사람들은 왜 여행을 할까?

고종석 그게 먼 곳에 대한 그리움 때문이라니까. 사람들은 다 얼마간은 낭만주의자들이지. 그러다가 일정한 나이에 이르면 내 집만큼 좋은 데가 없다는 걸 깨닫게 되지. 귀차니즘이 낭만주의를 이기게 되는 거야.

　귀차니즘과 낭만주의 얘기가 나오니 떠오르는 일들이 있네. 10년도 훨씬 전 얘긴데, 네이버에서 내게 메일을 보내 가장 잘된 '지식iN 문답'을 뽑아달라고 부탁을 하는 거야. 이어령 선생이랑 나랑 둘이 뽑아서 시상도 하고, 암튼 네이버 자체의 셀프 프러모션을 하겠다는 거지. 나한테 돈도 제법 준다고 했던 것 같아. 근데 대뜸 귀찮아서 못하겠다고 거절을 했어. 그때 나한테 부탁을 한 친구가 네이버 신입사원이었던 것 같은데, 날 섭외하느냐 여부가 자신의 능력평가와 관련이 있었던 모양이야. 전자우편을 나한테 열 번도 넘게 했는데 끝내 거절해 버리고 말았지. 사실 은근히는 이어령 선생과 파트너가 돼 뭔 일을 하는 게 찜찜하기도 했고. 사람들은 이어령 선생을 두고 천재니 뭐니 하지만, 난 좀 생각이 달랐거든. 그렇지만 그 일을 거절한 일차적 이유는 귀차니즘이야.

　또 낭만주의 얘길 하자면, 불어로 낭만주의는 로망티슴

romantisme 이지. 그래서 나는 낭만주의자를 가리키는 로망티스트 romantiste 라는 말이 당연히 불어에 있다고 생각했어. 이성주의가 불어로 라시오날리슴 rationalisme 이고 이성주의자가 라시오날리스트 rationaliste 이듯. 그래서 최근에 아무런 의심 없이 페이스북에서 익살을 떨면서 로망티스트라는 말을 썼는데, 프랑스에 사는 어떤 페친이 프랑스에서는 로망티스트라는 말을 쓰지 않는다고 지적하더군. 그래서 사전을 찾아봤더니 그 페친 말이 맞아. 형용사를 명사적으로 쓰는 로망티크 romantique 이라는 말이 있을 뿐이더군. 이게 내가 잘한다는 불어의 실체야. 그런 내가 명교의 불어를 놓고 이러쿵저러쿵 했으니, 얼마나 웃기는 일이니. 그게 익살로 한 말이든 정색을 하고 한 말이든. 사실은 익살이었지만. 말이 다른 데로 흘렀는데, 내가 낭만주의자라 할지라도 더 짙은 농도로 귀차니스트라는 건 확실하지. 젊었을 땐 어쨌는지 모르겠는데, 나이 들어서는 귀차니즘의 승리를 확연히 느껴.

황인숙 아, 박정하다. 박절하다. 신입사원 입장을 헤아려서라도 거절하지 말지. 그나저나 그럼 앞으로 먼 곳에 갈 일은 없겠구나.

213

고종석 응, 일본이나 중국 정도면 몰라도 더 멀리는 나가기 싫어. 집 떠나면 고생이라는 말도 있잖아. 이렇게 한국에 살면서도 서울 바깥으로 나가기가 싫은 걸. 나는 군산과 목포도 작년에야 처음 가 봤어.

황인숙 군산과 목포? 거기 안 가본 사람 많을 걸.

고종석 나한테 두 도시는 좀 각별한 도시지. 전라도를 상징하는 도시거든. 일제 치하의 전라도를. 또 군산과 목포는 제가끔 내가 좋아하는 채만식과 김현의 도시이기도 하지. 근데 거길 작년에야 처음 가 본 거야. 군산에서는 〈8월의 크리스마스〉든가, 그 영화의 배경이 됐다던 사진관 건물도 가 봤어. 물론 목포에서는 문학관에 들러 김현 선생 방을 찾아봤고.

황인숙 사실 나도 못 가 봤었는데, 목포 땅은 몇 달 전에 순영이 덕에 디뎌 봤네. 순영이가 거기 구시가지에 작은 집을 샀잖아. 거기서 살겠다고. 참 얄궂어. 왜 부모가 경상도 사람인 서울내기가 쉰이 다 돼 전라도 땅에서 살기로 결심했을까? 그리고 걘 왜 아직 독신녀일까? 일본에는 왜 자주 가는 것일까?

고종석 순영이를 주인공으로 네가 소설 하나 써라. 방금 네가한 질문에 스스로 대답을 지어내면 되잖아.(웃음) 너도 서울태생의 독신녀잖아. 내가 보기엔 하나도 안 얄궂다. 순영이가목포에 살기로 한 건 아마 그곳 경치와 인심에 반해서일 거고, 일본에 자주 가는 건 너도 알다시피 거기 친한 선배가 살기 때문이잖아. 그런데 넌 동네 고양이들 때문에 서울을 떠날수 없는 앤데 어떻게 목포엘 갔니?

황인숙 일 년에 한 번 하루 정도 비우는 건 가능해. 그쯤은 고양이를 부탁할 사람이 있을 듯해. 실은 꼭두새벽에 출발해서점심만 먹고 돌아왔어.

고종석 나는 귀차니즘 때문에, 넌 고양이들 때문에 여행을 못하는 거군. 사실 난, 경기도 밖으로 나가는 것조차 굉장히 부담스러워. 가끔 일산이나 분당에 가게 됐을 때도 서울로 돌아오면 마음이 놓여. 고향에 온 느낌이 드는 거야. 하긴 그건 파리 살 때도 그랬구나. 홍세화 선생이랑 노르망디쯤에 놀러갔다가 파리로 돌아오면 고향 같았어. '유럽의 기자들' 프로그램에 참가했을 때 동부, 중부 유럽을 열흘 이상 좀 고생스럽게 취재하며 돌아다니다가 빈 발 파리 행 아침 열차를 하루 종일 탄 적이 있는데, 기차가 스트라스부르에 도착했을 때만해도 벌써 안도감 비슷한 게 들더라. 파리까지는 네 시간이나더 가야 했는데도, '아, 지금부턴 프랑스구나!' 하는.

황인숙 붙박이의 삶이군.

고종석 응.

황인숙 트위터로 세상과 세월을 유랑하는.

고종석 응. 지금은 아니지만.

황인숙 『못생긴 여자의 역사』라는 책이 있는데, 제목은 들어봤지?

고종석 응, 신문에서 서평기사를 읽었어, 근데 아직 책을 못읽어 봤어. 아마 앞으로도 안 읽기 쉬울 거고.

황인숙 나도 아직 못 읽어봤어. 재밌겠더라. 우리 동네 책방'고요서사'에 주문할 참이야.

고종석 주로 알라딘에서 책 샀었잖아?

황인숙 그랬지. 그런데 몇 달 전부터 고요서사를 이용해. 동네 책방 살리기 일환으로.

고종석 좋은 일이야. 옛날에 김병익[43] 선생님이 은평구에 사실 때 그러셨어. 좀 비싸더라도 동네에서 살 수 있는 건 다 동네 가게에서 사신다고.

황인숙 나도 기억나. 『못생긴 여자의 역사』, 제목에서 네 생각 났어.

고종석 왜?

황인숙 네가 쓰면 좋음직한 제목이 생각나서. '못난 남자들의 역사', 어때?

고종석 흠, 글쎄. 무슨 말이야?

43 김병익. 평론가. 초판인

황인숙 처음에는 '못생긴 남자의 역사'가 떠올랐는데, 곰곰 생각해 보니 남자는 못생긴 게 여자들한테만큼 사회적 성공에 크게 영향을 미치지 않는 거야.

고종석 그렇지. 세상 서러운 게 돈 없는 남자랑 못생긴 여자라는 속설이 떠오르는군. 못생기고 잘 생기고는 외양을 말하는 거고, 잘나고 못난 건 성정이나 능력을 말하는 거지. 아, 또 페미니스트들의 표적이 되겠다. 방금 이 말도 취소.

황인숙 여자의 외모는 능력이라지. 그런데 어디까지 생겨야 잘 생긴 걸까? 『못생긴 여자의 역사』 얼른 읽어 봐야지.

고종석 왜 꼭 읽겠다구?

황인숙 아, 내 선배들의 역사라잖아.(웃음)

고종석 너는 못생기지 않았어.

황인숙 좀 덜 생겼지.(웃음) 적정선에 못 미치는 걸 못생겼다고 한다면, 소위 미남미녀들은 지나치게 생겼다거나 과하게 생겼다고 해야 하는 거 아니야? 남자들은 좋겠어. 외양까지 신경 쓰지 않아도 되고.

고종석 남자도 외양에 스트레스 받아. 특히 나처럼 머리카락이 부실한 사람은 대개 스트레스를 받지.(웃음)

황인숙 보들레르 닮으셨는데요, 뭘.(웃음) 인생에 있어서 머리카락은 그렇게 중요한 게 아니야. 아마 불룩한 뱃살이나 우람한 팔뚝, 선 무너진 얼굴이 중요하지 않은 것처럼?『못생긴 여자의 역사』에 나온 말이던가, 이 시대에 여자의 비만한 몸을 추하다 여기는 건 자기 관리를 못한 정신을 꾸짖는 뜻이 있어서 죄책감을 갖게 한다고. 그런 뜻에서 머리카락 숱이 적어지는 건 단지 신체의 문제일 뿐인데.

고종석 그 책을 읽기 시작은 했구나.

황인숙 응.

고종석 그렇지. 네게 들어온 책을 네가 펼쳐 보지 않을 리는 없지.

사피엔스의
불가피한 잠재적 위험

황인숙 복거일 선생님 좋아했었지?

고종석 응.

황인숙 지금은 어떤가?

고종석 지적으론 완전히 갈라섰지. 그분이 변했든지, 내가 그분을 처음에 잘못 봤든지. 둘 다든지. 내가 그분한테 크게 실망했어.

황인숙 복거일 선생님이 참 좋은 분이시긴 해. 독특하시지. 어떻게 지내시는지 궁금하다. 영어공용화…. 초등학교 교과에 영어가 있었으면 나는 영어를 잘 했을 거야. 나, 초등학생 때 공부 썩 잘했거든. 머리가 굳기 전에, 사춘기 이전에 뭣 모르고 영어를 배웠으면 내 인생이 달라졌을까?

아, 덥다! 정말 덥네! 줄창 비가 온다고 투덜거린 게 엊그제 같은데. 내가 사는 곳은 옥탑방치고는 타워팰리스급이지만, 좀 더워. 나는 살만한데, 우리 야옹이들한테 미안해. 우리 보꼬 녀석이 요새는 화장실 바닥에 늘어져 있는데 내가 여간 불편한 게 아니야. 물 한 번 끼었으러 들어가기도 눈치 보인다니까. 거기 바닥이 타일이라서 그나마 좀 시원한가 본데. 어디 화장실 두 개 딸린 옥탑방 없나?

고종석 한국에 그런 옥탑방은 없을 거야. 그리고 전에 순영이랑 너네 옥탑방 가 보니까 전혀 타워팰리스급이 아니던데. '당신이 사는 곳이 당신이 누구인지를 알려줍니다.'였던가, 아무튼 이 계급 차별적 아파트 광고 카피가 10여 년 전 큰 유행을 타는 한편 욕을 직싸게 먹은 적이 있었지. 뭐, 자본주의 사회에 최적화된 광고 카피였지만. 나는 반지하에선 산 적이 있는데 옥탑방에서 산 적은 없어. 여름엔 얼마나 덥고 겨울엔 얼마나 추울꼬. 근데 사실 반지하도 주거 환경이 되게 열악한 건 마찬가지야. 일단 하루 종일 햇빛을 볼 수가 없는 데다, 큰 물이라도 나면 목숨이 오가는 상황이 되지. 아파트 생활이 지겨워서 단독주택으로 이사하고 싶은 생각도 있지만, 아까 말했듯 부모님 때문에 그건 틀렸고, 그냥 성냥갑 같은 아파트에서 살 운명인가 봐. 그런데 이것만 해도 반지하에 견주면 타워팰리스지. 아, 술 담배 고프다. 금실이랑 안 어색해졌으면,

아니 뇌출혈만 안 겪었더라도 뻔뻔하게 걔네 집에 쳐들어가 담배랑 와인 뺏어 피우고 마실 수도 있으련만.

황인숙 금실이는 생명, 기후, 지구에 관심이 지대한데, 넌 어때? 참, 금실이도 녹색당원인가? 그랬음 좋겠네.

고종석 몰라. 녹색당원은 아닐 걸. 민주당 탈당한 지 얼마나 됐다구? 나도 한때는 환경주의자를 자임했는데, 이제는 아냐. 그건 내 세계관이 바뀌기도 했지만 거기에 더해 지식을 새로 얻었기 때문이지. 김종철 선생은 존경하지만, 그 존경심이 환경 근본주의자들 일반으로까지 확대되지는 않아. 자잘한 환경주의적 실천들은 찬성하지만, 원전을 없앤다거나 하는 문제는 다시 생각해 봐야 해. 물론 원전 마피아라는 게 있기는 하지. 또 원전이 폐쇄되면 일자리를 잃을 사람이 많기는 하지. 그렇지만 원전 실업자들이 원전을 보전할 이유가 되지 않듯 원전 마피아라는 것도 원전을 폐쇄할 이유가 될 수 있는 건 아니야. 사피엔스는 인재든 천재든 항상 잠재적 위험 속에 살아. 그런데 원전의 잠재적 위험 때문에 원전을 없애야 한다는 생각은 차에 치일까봐 거리에 나가지 말아야 한다는 생각만큼이나 어리석어.

정말 금실이랑 이 문제를 토론해 보고 싶다. 기후 문제에 관해서는 서로 공감할 거 같고. 금실이가 요즘 특히 관심이 있다는 동물권 문제에 대해서도 서로 공감할 것 같아. 원전 문제에 대해서는 아닐 거 같네. 원전을 다 없애면 그 비싼 전기요금은 어떻게 감당할까? 게다가 사피엔스의 멸종 가능성을 염두에 두지 않는 모든 장기적 기획이 내게는 어리석게 보여. 어쩌면 우리는 사피엔스의 마지막 세대일지도 몰라. 인류의 멸종을 목격하며 죽을지 모른다구.(웃음) 그리고 사피엔스가 우리 세대에 멸종한다고 하더라도, 그게 원전 때문은 아닐 거야. 먼 훗날이라도 마찬가지고. 그렇지만 금실이가 탈원전주의자라 할지라도 걘 존경할 만한 친구지. 사적 친구로서도 그렇고, 공인으로서도 그렇고. 다시 말하는 거지만, 내가 뇌출혈만 안겪었다면, 걔 집엘 불쑥 찾아가든지 아니면 걜 내 오피스텔로 불러서 밤새 술을 마시고 싶네. 이쯤에서 우리 대화를 접는 게 어때? 대화라기보단 네가 인터뷰어 노릇을 해준 거지만.

황인숙 오케이, 요 근처에서 저녁이나 먹자. 뭐 먹고 싶어?

고종석 네가 좋아하는 거 아무거나, 굿 걸!

황인숙 하나 추가하자! 글에서는 '부기(附記)'라고 하지. 너의 가장 큰 욕망은 뭐야? 뭐에, 무슨 일에 가장 큰 욕구를 느끼니? 한번 살아보고 싶은 삶이 뭐니? 가능한 것도 말하고, 불가능한 것도 말해 봐. 문득 생각해 보니, 강태형[40]의 현재 삶을 남자들, 특히 젊지 않은 남자들이 부러워할 것 같은데 말이야.

고종석 나도 태형이가 부러울 때가 있지만, 곧 집 떠나면 고생이라는 걸 깨닫고 부러움을 날려버리지. 내 가장 큰 욕망? 술과 담배를 즐기며 진짜 홈스크린에서, 그러니까 큰 저택 안에 진짜 극장 하나가 있어야겠지, 거기서 영화 보며 늙어가는 거. 그리고 이따금 예쁜 카페나 식당에서 너를 포함한 가까운 친구들이랑 수다 떨며, 맛난 거 먹으며 늙어가는 거. 전자는 불가능하고, 후자는 가능하군.

인명 찾아보기

외국 인명의 경우 독자들에게 익숙하게 굳어진 이름(예: 랭보(○) 아르튀르 랭보(×), 패트리샤 하이스미스(○) 하이스미스(×))을 표기했습니다.